幽默西游

之二

妖怪不是好惹的

周　銳◎著
洪義男、賴美渝◎圖

序

昨天拿到了去臺灣的機票，一個月後我將飛過海峽。雖然現在從大陸去臺灣已很容易了，我還是有點感慨。二十年前我的作品開始陸續在臺灣出版，但二十年來我只能跟臺灣的朋友和讀者在大陸見面。這次我終於可以跟我的書一起去對岸，去跟我的臺灣讀者在臺灣見面了。在臺灣我會有幾次演講，其中一場是面對故事媽媽，主辦單位要我提供一個題目，我想了想說：「就叫《我是故事爸爸》吧！」在大陸還沒有故事媽媽這樣的團體，所以在臺灣的演講會給我新鮮又親切的感覺。

我已經見到聯經出版公司連續推出的《幽默三國》、《幽默紅樓》和《幽默水滸》，就差《幽默西遊》了。前不久有位臺灣朋友來我家，她正在做以我的作品為選題的碩士論文。在我的書房，她拍了一些照片用作資料，其中拍到一套名為《孫小聖與豬小能》的連環畫，這就是《幽默西遊》的前身。一九八七年，我剛從長江油輪調回上海，在鋼鐵廠當駁船水手。我們經常在一位朋友家裡碰頭，為了合作這套連環畫，一個人編腳本，一個人用鉛筆畫初稿，一個人用鋼筆勾線。有

時候我也必須畫幾筆，比如：孫小聖的兵器石筍和豬小能的兵器石杵，沒法說清楚，我只好畫給他們看。那時還沒有電腦，全用手寫、手繪，傳送文稿和畫稿都得親自搬來搬去。二十幾年過去了，現在的網路傳輸多方便。最近有位江蘇無錫的讀者給我發來郵件，說他小時候很喜歡連環畫《孫小聖與豬小能》，現在人到中年仍沒忘懷。他已無法再買到這套連環畫，問我能不能借他一套複印。我家裡保存了兩套，就把其中一套送給他。因為我很能理解那種童年情結。我的前輩任溶溶先生曾在上世紀六〇年代寫過一篇童話〈沒頭腦和不高興〉，那個叫「沒頭腦」的孩子當了建築師，卻忘記設計電梯，大家只好很辛苦地爬高樓。一個讀過這篇童話的小女孩後來真的當了建築師，她找到任先生，說：「我可從來沒忘記裝電梯啊！」這就是可愛又可貴的童年情結。我希望，再過二十幾年，有臺灣的讀者在大陸或臺灣見到我，或者沒有見到我卻給我發來電子郵件，你們會說：「我小時候讀過《幽默西遊》，我還記得孫小聖和豬小能的故事呢！」這多有意思啊！

周銳

目次

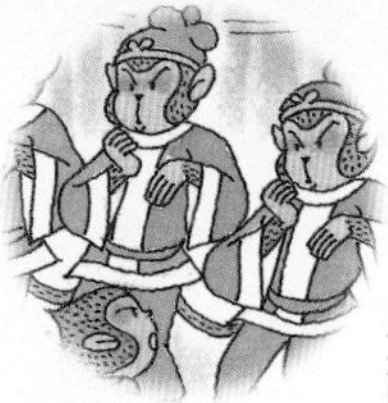

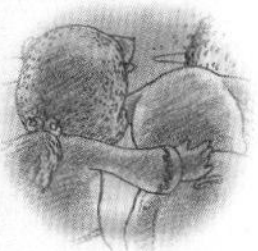

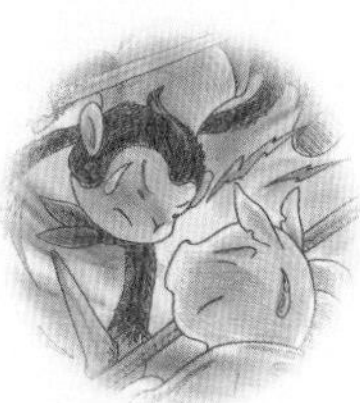

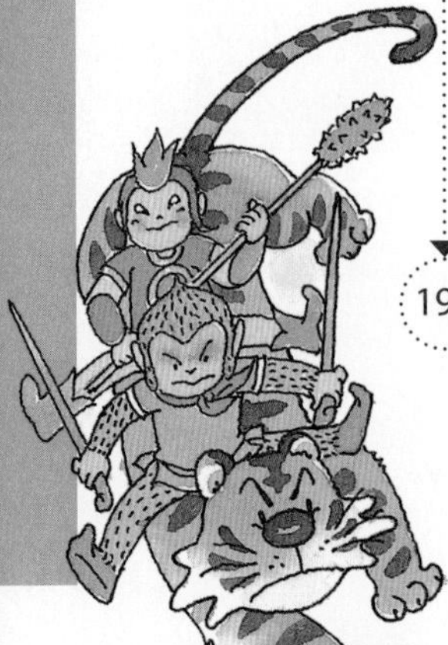

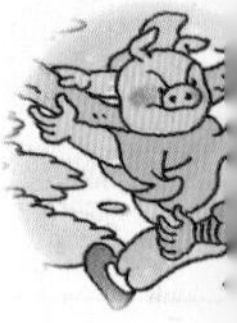

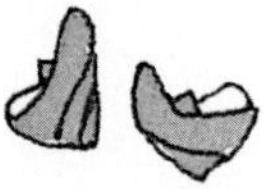

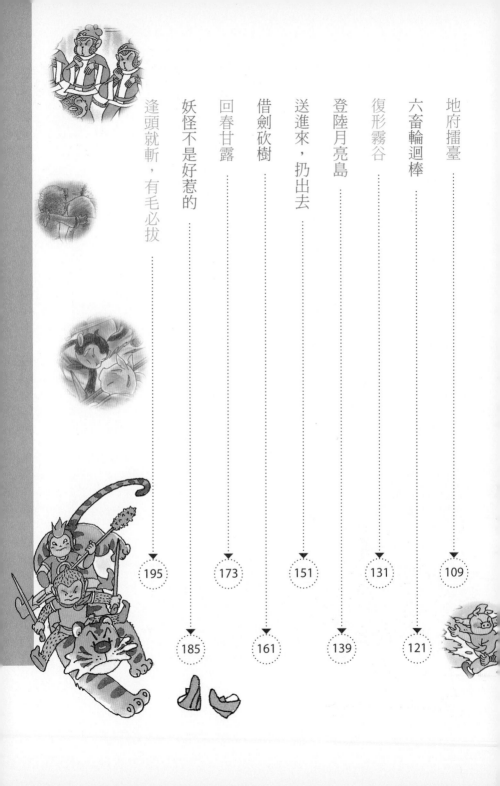

前情提要

見義勇為的小聖和小能順利消滅了為非作歹的鼠精魔王阿吱，而逃走的魔女阿喳也被玲瓏三姐逮到。

不敵玲瓏三姐凌厲攻勢的阿喳，燃起救命香，想要把「乾爸爸」請出來，沒想到她口中的「乾爸爸」竟然是天界的神祇——李天王……

半夜三更誰搗亂？

玲瓏三姐見李天王這種口氣，便對阿喳冷笑道：「原來是這樣結成的乾親戚，真不害臊！」

李天王身子雖笨，耳朵卻尖，誰說他一句不恭敬的話，他遠遠就能聽到。這時見有人說他「不害臊」，哪裡忍得下這口氣！

李天王「托」地從青雲上跳下，正要向三姐發作，想到：「敢說大話的必有大來歷，要弄清她的身分，不能冒失。」便問三姐：「你的乾爸爸是誰？」

阿喳連忙稟告：「她沒有乾爸爸！」

李天王這才放下心來，對三姐說：「那你肯定不是好東西。讓我拿照妖鏡照一照。」

三姐很生氣，「我不許你照！」

李天王說：「不許照也要照！」

三姐就用雙手把臉緊緊捂住。

李天王不管這些，取出那面照妖鏡，明晃晃地對準玲瓏三姐——鏡中立即映出三姐的本相：一隻小狐狸舉起前腿遮蔽自己。

「好哇！」李天王嚷起來，「大膽的妖怪，敢在本天王面前放肆！」

阿喳在一旁樂得直蹦：「乾爸爸，快抓妖怪，快抓妖怪！」

三姐痛斥鼠精，正氣凜然，「我是幫助人的狐仙，害人的才是妖怪。」

李天王卻不由分說，將手中鎮魔寶塔拋向空中。那寶塔又緩緩降下，黑壓壓地罩住了玲瓏三姐。「哼，我說誰是妖怪，誰就是妖怪。」李天王話音剛落，「嗖」的一聲，三姐已被吸進塔底。

寶塔飛回李天王手中，李天王便要回轉天庭，臨走時囑咐阿喳：「要按時給我送好東西來。不然我也把你當妖怪抓起來！」

「女兒明白。」

那朵青雲馱起重重的李天王，又慢慢地飄走了。

阿喳喜得直拍手，直到把手拍紅了，拍痛了，這才想起還得去找小聖和小能報仇。

阿喳使勁地蹦啊蹦，好讓積在肚腸裡的許多鬼點子翻上來。她終於有了主意：「小狐仙被抓起來了，我來變作她的模樣……」

阿喳咕嚕咕嚕念了一通咒語，然後把臉一抹，身子一晃，果然變成了三姐的身形。

但人形好變，鼠影難換。一條影子還是原來的，阿喳還沒學會變影子的咒語。她只好用手中的雙鉤左一下、右一下地修剪她的老鼠影子，可是剛剛修掉一塊，轉眼又長上了……

正在忙亂著，忽聽身後有人大喊：「三姐——！」

阿喳嚇一跳，扭頭一看，是兩個仇人——小聖和小能跑來了。阿喳顧不得修剪影子，慌慌張張先應一聲。

小哥倆跑近來，見「三姐」獨自在此，小能便問：「看見阿喳沒有？」

小聖見「三姐」手持雙鉤，奇怪道：「你怎麼拿阿喳的兵器？」

阿喳一邊用身子遮擋她的老鼠影子，一邊編著謊話：「這……阿喳已被我打得靈魂出竅，這雙鉤就歸我啦！」

一聽這話，小聖和小能歡呼起來：「那咱們算是大獲全勝啦！」這一高興，再也顧不得分辨三姐的真假了。

這天晚上，殘燭映照的玲瓏祠裡，阿喳正坐在塑像後面咬牙切齒，「小聖，小能，我打不過你們，我要叫你們自己打自己！」

忽然聽到燈油缸那邊傳來一陣「悉哩索落」，阿喳的思路被打斷，氣得大喝一聲：「誰在那兒偷偷摸摸的，不要命了嗎？」

沒想到對方並不慌張，反而慢條斯理地說：「你才偷偷摸摸呢！如果你不偷偷摸摸，躲在神像後面做什麼？」

阿喳使嗓音莊嚴一些，「我是狐仙。」

「嘻！」對方沒有上當，「我親眼看見狐仙被李天王抓走了，你休想冒充。我知道你跟我是同行，也想來搬點東西，但你到現在還不敢露面，你的膽子比我小得多。」

阿喳不由大吃一驚，心想：這小偷要是把他看到的事透露出去，自己的錦囊妙計就會全部落空！想到這兒，立刻殺氣騰騰地從神像後撲出來——

卻見缸沿上站著一隻小老鼠，正用繩子墜下個小罐，不慌不忙地從缸裡撈香油。——這缸挺大、挺深，盛著香客們奉獻給祠裡的燈油。

小老鼠一見出來的是阿喳，趕緊停下活計，有模有樣地行個禮。「不知姑娘在此，小的胡說八道，請別怪罪。」

阿喳見這小傢伙挺伶俐的，對他已有幾分賞識。便問：「你怎麼來做這種勾當？」小老鼠說：「生計所迫，沒辦法，嘿嘿！」

「沒出息！為我哥哥他們報仇，這才是大事。」

「小的全聽姑娘吩咐。」

阿喳便叫小老鼠靠近些，「我看你能幹，特地交給你一件重任。事成之後，讓你當我的廚師。」

小老鼠眨眨眼，「姑娘說錯了吧，是讓我當軍師嗎？」

「傻瓜，廚師是肥缺，最實惠、最有油水呀！」

小老鼠明白過來，趕忙拜謝。阿喳便「如此如此，這般這般」地吩咐一通。小老鼠領命而去。

＊＊＊

隔壁土地廟裡，小聖和小能早已睡熟了。他們把塑像殼子放倒在神龕上，然後像鑽被窩一樣鑽進去，只把腦袋露在外面。

小老鼠悄悄進了廟門，「索落索落」爬上神龕，來到小能身邊。按阿喳的吩咐，先對小能騷擾一番，把他弄醒。小老鼠轉過身子，用那根細尾巴搔小能的耳朵。搔了好一陣，小能動也不動，只顧睡自己的覺。難道他不怕癢？小老鼠再細看時，才知黑暗中出了差錯，原來他搔的是塑像的耳朵，小能的耳朵在另一頭。於是又跑過去，用尾巴在那真耳朵上搔了幾下。到底是肉做的耳朵，很快有了反應，小能被弄醒了，嘴裡嘟嘟囔囔：「是誰半夜三更瞎搗亂？」見小能又要睡著，小老鼠不聲不響再去搔他。小能終於不得不從塑像殼子裡爬出來，揉揉眼睛一瞧，氣壞了，「一隻老鼠，敢來戲弄我！非抓住你不可！」

小老鼠朝小能做個鬼臉，「噗」地跳下神龕，一溜煙出了廟門。

小能鞋也顧不得穿，拔腳就追。

追呀追，只見小老鼠三跳兩跳逃進了玲瓏祠。

小能跟著追進祠門，阿喳變成的假三姐立刻迎了上來。小能居然被引到這裡，這就有戲可唱了。

小能問：「三姐，有沒有看見一隻老鼠？」

阿喳說：「已經被我幹掉了。——喂，小能，我聽小聖說，『這次要是沒有我，你就毀啦！』」

「不錯，」小能心服口服地點著頭，「本來就是這樣嘛，多虧了小聖，還有你，還有貓仙兄弟，還有蜈蚣婆，多虧了她的眼淚……」

阿喳見挑不起是非，就又加了句厲害的，「他還說，沒有比你更蠢的了！」

小能說：「我是蠢呀。我要是不蠢，也不會上該死的阿喳的當。」

「他說你以後還會上當！」

「以後？」小能打了個呵欠，「以後再說吧，我要回去睡覺了。」

阿喳見小能不受動搖，心裡暗暗著急。聽小能說要走，忽然又得一計，便道：「那我送你一程。」

自己人打自己人

小能說：「我就住在隔壁，還用送嗎？」

但阿喳堅持要陪小能出來，一邊沒話找話地大聲說笑。這樣一來，土地廟裡的小聖被吵醒了。他定神一聽，「咦，是小能和三姐在說話。」

阿喳將小能送到廟門口，提高嗓門說：「我明白你的意思了，那就別再跟小聖提起吧！」

小能說：「我倒不大明白你的意思，不提就不提吧！」

小能進了廟，想到別吵醒小聖，就輕手輕腳地摸回自己的位置……

小聖想：「哼，還以為我正在做夢，想不被我發覺……以為我什麼都沒聽見嗎？」

等到小能又在他的殼子裡睡得呼呼響了，小聖便一骨碌起來，出門就往玲瓏祠跑。

「三姐，到底什麼事瞞著我？」

見小聖怒氣衝衝的樣子，阿喳暗暗高興。她裝作很為難，「我怕你們傷了和氣。小能

說，阿吱是他打死的，他功勞最大，他該當正土地爺。」

「什麼？」小聖叫起來，「他還跟我爭功勞？」

正說著，忽然聽到傳來「咚咚」兩聲。

小聖吃一驚，「好像是土地廟裡——」

他趕緊往回跑。

其實是阿喳的詭計，她派小老鼠扛把鐵鎚再去土地廟，趁小聖不在，小能睡著了，便把小聖的塑像砸壞了。

等小聖回到廟裡，他的塑像已經成了一堆碎泥塊。小老鼠早就溜走。小能被響聲驚醒，這時呆呆地看著碎塊，不知發生了什麼事。

小聖氣得跳起來，「你想爭功勞就當面說，偷偷地砸人家塑像算什麼好漢！」

小能莫名其妙，「我爭功勞？我砸塑像？你，你……」

小聖非好好地出出這口氣不可，「你砸我的，我也要砸你的！」

小聖一把抓過小能的塑像，高高舉起——

小能直擺手，

「別這樣！」

「為什麼？我的已經『這樣』了！」

玲瓏祠裡，阿喳和小老鼠聽見隔壁「啪啦」一聲脆響，別提多舒坦了。

阿喳對小老鼠說：「好戲還在後頭哪！」

土地廟那一邊，小能也發了倔脾氣，他一把揪住小聖，「你賠我的塑像！」

小聖說：「那你先賠我的！」

他們開始你推我一下，我撞你一下……

這天晚上，不知為什麼，八戒在家翻來覆去睡不著。他扯一根頭髮放在嘴裡嚼碎，吹口氣，變成許多瞌睡蟲。這種瞌睡蟲向來是用在妖魔鬼怪身上的，今天讓它們爬進自己的五官七竅。可是沒有用，睡不著就是睡不著。

八戒自言自語：「我的眼皮直跳，孩子們會不會出什麼事啦？」

天空中亮起一顆星。——原來不是星，是一盞燈籠。

八戒提著燈籠前往土地廟。

還沒進廟門，只聽見裡面熱鬧非凡，緊接著劈里啪啦飛出許多東西，有香爐、燭臺、蒲團、掃帚……

八戒的腦袋被香爐砸了一下，他揉揉腦袋，「是在大掃除嗎？」

這時又傳出這樣的對話：

「有種出去打！」

「出去就出去，我怕你？」

八戒吃一驚：「小哥倆打起來啦？」

話音未落，小能一頭闖出來，把八戒迎面撞了個四腳朝天。

八戒被撞倒，卻挺高興，「我兒子長力氣啦！」

小能拉住八戒說：「爸爸，他冤枉我！」

小聖說：「叔叔，他不知好歹！」

玲瓏祠裡，阿喳聽見外面「乒乒乓乓」響起來，便令小老鼠：「出去看一看，好事兒還是壞事兒？」小老鼠溜出去，馬上又溜進來，「姑娘，快看，不看白不看！」

阿喳便從門縫裡朝外偷看，這一看樂得她憋不住要笑出聲來——只見小聖的石筍和小能的石杵打得難分難解，八戒在一旁不知勸哪個好。

天亮了，從遠處跑來一位少女，長得很像玲瓏三姐，她是琳琅二姐。

二姐一見這場面，笑道：「打得好熱鬧！打妖怪還是打強盜？」

小聖和小能這才住了手。八戒說：「沒有妖怪，也沒有強盜，咱們自己人打自己人。」

「原來是這樣。」二姐又招呼小聖和小能，「今天我爺爺過生日，請你們去我家做客呢！」

小能氣呼呼地指著小聖，「他去我不去！」

小聖也說：「對，我去他不去！」

把二姐搞懵了，「你們是怎麼回事啊？」

小聖說：「你去問三姐就清楚了。」

二姐便走進玲瓏祠，「三妹！」

二姐喊了一聲，阿喳還以為三姐回來了，嚇得差點現出原形。

二姐問：「三妹，小聖和小能為什麼事鬧彆扭了？」

「哦，大姐，他們就是這樣的：好三天，吵三天。」阿喳急忙瞎編，「已經好過三天了，今天是該吵的，明天再吵，後天再吵，就又沒事了。」

阿喳自以為說得很有道理，可是二姐卻奇怪地盯著這個「三妹」，「你怎麼叫我大姐？我是二姐呀！」阿喳只好再耍花槍，「哎呀，我的舌頭這幾天生病，老說錯話。」

二姐便說：「走，跟我去勸勸小聖和小能。」

小聖和小能其實都想去紅鬍子怪老頭那兒，那老頭挺有趣的。二姐就對他倆說：「我知

道你們今天非吵不可，可你們能不能把以後和好的日子換到今天來？因為今天得高興才行。你們一起到我家去，我爺爺請你們吃壽宴，還要給你們看寶貝呢！」

「什麼寶貝？」

小聖問。

小能問。

貪心的阿喳也問。

可是二姐說：「去了才讓你們知道。」

這下把小哥倆的興致提起來了，「好，那就快去！」

見此情形，八戒自語道：「孩子不吵啦，我也可以放心回家了。」

乾坤大挪移

琳琅二姐領著小聖、小能，還有那個冒牌三姐，來到青山綠水間的一處清幽洞府。

見到紅鬍子怪老頭，大家一齊行禮拜。

小聖說：「祝老伯一年比一年身體好。」

小能說：「一年比一年吃得多！」

怪老頭說：「我二孫女兒告訴我，你們為了來給我祝壽，特地將吵架的日子延期，真謝謝你們。其實，吵架、生氣這種事，排得越晚越好。」

怪老頭便請客人們入席。桌上早已擺滿了又好看、又可口的各種菜餚。

小聖剛坐下，就叫道：「有一股香味！」

小能也嗅嗅鼻子，「唔，好聞，真好聞！」

怪老頭呵呵笑著，伸出手掌，頓時一個仙球從壁龕中飛出，穩穩落在掌心。

二姐介紹說：「這是我爺爺多年煉成的三獸仙球。」

怪老頭便將仙球捧給大家細看。原來這球精雕細刻，球的三面分別雕著鹿頭、虎頭、熊頭。

「瞧，」怪老頭先試演鹿頭，「只要搖動一下，鹿口會吐出帶香味的藍煙，聞了能使人清神益智，健身長壽。」

「呀，真妙！」小聖聞著香味，都忘記吃東西了。

小能說：「有這麼多好處，那我得多聞幾口。」

怪老頭又道：「這仙球也能殺敵除害，只要搖兩下，虎口會噴出紫色臭煙……」

假三姐便問：「那麼，熊口噴出什麼樣的煙？」

怪老頭吃一驚：「你是我孫女，怎麼連這個都不知道？」

阿喳只好又搪塞：「啊，我忘記了，我，我頭昏……」

「可是，」怪老頭不明白，「按理說，只要吸進我的藍煙，什麼樣的頭昏都能治好。會不會仙球有些失靈，待會兒我來檢查一下。」便順手一彈，讓仙球飛回壁龕裡。

阿喳一看機會來了，乾脆裝病裝到底。抓一把棗兒吞下去，使一點兒內功，

讓棗子再往上竄，「噗」的一聲，已有兩枚棗子射出喉嚨。

小能關切地喊：「三姐吐了！」

阿喳說：「這還不算吐。」

只聽「噗」、「噗」兩聲，又有兩枚棗子從鼻孔裡噴出來。

小能問：「那麼，耳朵也能吐棗嘍？」

阿喳說：「當然能。」

果然又從耳朵眼裡冒出棗來。

紅鬍子怪老頭見小孫女吐得這樣厲害，這樣特別，連忙叫她去後面休息。

阿喳一聽，正中下懷，便搖搖晃晃離席而去……走近壁龕，突然伸手取出仙球，按怪老頭說的，搖了兩下，將虎頭對準小聖等人。

瞬間，虎口噴出紫色煙霧。

小能大叫：「好臭，臭死人了！」

小聖覺得頭暈，「我坐不住了，要倒下去啦！」

說時遲，那時快，只聽得盤子啪嚓，凳子嘩啦。主人、客人全都無法繼續享用這豐盛的壽宴，一個個躺倒在地，動彈不得。

阿喳眼看成功，立時露出本相：「哈哈，仇也報了，送給乾爸爸的禮物也有啦！」

正在得意，沒提防仙球被人

一把奪過！回頭一看，原來是琳琅二姐。

二姐恨恨道：「臭老鼠，幸虧我早有提防！」她一直覺得不對勁，剛才悄悄跟蹤，果見阿喳盜寶害人。

二姐一腳踩住阿喳，對她說：「你不是想知道熊口裡吐什麼煙嗎？」說著便將仙球搖了三下，那熊口裡綠煙滾滾，直向躺在地上的幾位噴去。

轉眼間，小聖醒了，小能醒了，怪老頭也掙扎著要爬起來。原來這熊口綠煙是專門用來急救的。

小聖見到踩在二姐腳下的鼠精阿喳，不由得又羞又惱，「原來是你在我們當中挑撥，我瞎了眼啦！」小能怒衝衝向阿喳撲過去，「我打死你！」

「慢！」二姐攔住小哥倆，「先讓她說出我三妹的下落。」

「三姐在哪裡？」小聖和小能追問阿喳。

阿喳打著哆嗦說：「她被我乾爸爸李天王抓去啦！」

小能便要立刻趕去救三姐，還是小聖機靈，「不，最好讓阿喳把李天王引出來……」

於是，阿喳的腳被鎖在門前石樁上，她無可奈何地再次點起救命香。

不一會兒，李天王駕著青雲又趕來了。他嘟噥著，「禮物還沒有送來，倒又要我救命了，真煩人！」

「哈，」隱蔽著的小聖等人一下子衝出來，「你靠老鼠精送贓物發財，說出去，笑壞八百神仙！」李天王這下慌了手腳，連連懇求道：「千萬別說出去，給我一點面子吧！」

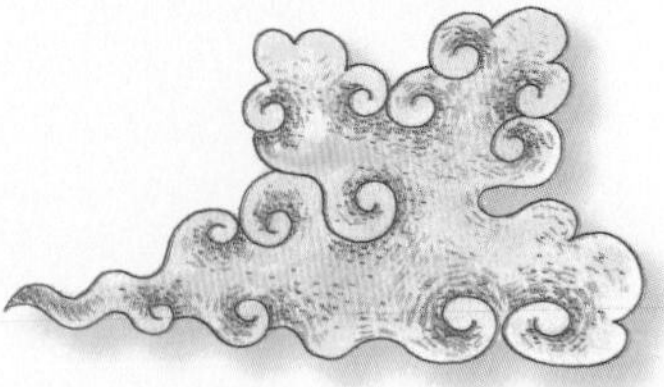

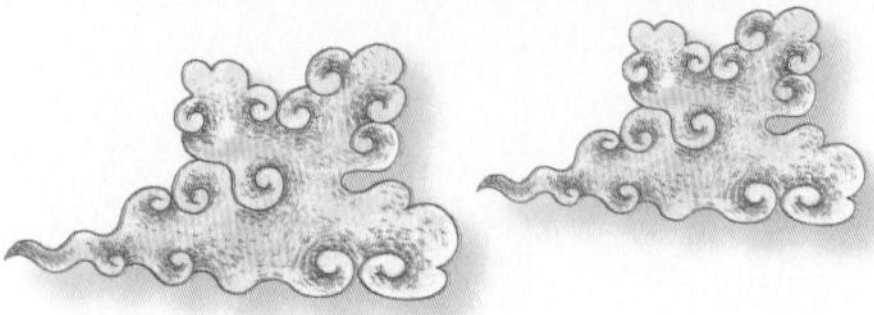

小能說：「那你快把三姐放回來！」

「那小狐狸？我已奏准玉帝，綁上斬妖臺，由二郎神監斬……」

一聽這消息，小聖「嗖」地駕起雲頭，小能、二姐也緊緊跟上，急赴南天門下斬妖臺……

* *

斬妖臺此時已是殺氣騰騰。

玲瓏三姐被綁在行刑柱上。劊子手在脫衣服，他「幹活」時必須脫個精光。他衣服上的扣子特別多，他不慌不忙地一個一個解扣子，解一個少一個……

終於，最後一個扣子也解開了，劊子手扔掉衣服，提起大砍刀。

監斬官楊戩裝腔作勢地宣布：「時辰已到，開——斬——」

「刀下留人！」

原來是楊不輸和楊不敗聞訊趕來，要保三姐。

不敗說：「三姐從不害人，為什麼要殺她？」

不輸說：「爸爸，把她放了吧！」

楊戩被三姐罵過，這時滿臉一本正經，「我奉旨監斬，豈能私放。除非誰來替她挨一刀。」

楊不敗立刻手拍胸膛，「三姐救過我的性命，我願替她一死！」

楊戩本是說說而已，沒想到不敗認起真來，「不行，你是我兒子，我捨不得。」

楊不輸便說：「那麼，我去抓個妖怪來替三姐！」

楊戩沒說話了。

不輸囑咐不敗：「弟弟，你看著三姐，我馬上回來。」

「等一等！」楊戩又耍花招，他取出一粒草籽，種進三姐身旁的土裡，「這是催命草，要是它長到小狐仙那麼高你還不回來，我就開斬。」

楊不輸只好答應：「好吧！」才說了這兩個字，剛要動身，只見那催命草已經破土發芽了。「啊？長得這麼快！」

這下可苦了楊不輸了，他駕著雲頭東探西尋，「找個妖怪這麼難，實在急死人！」

正像沒頭蒼蠅似地亂撞，忽然聽到有人問：「楊不輸，你在找什麼？」

「啊呀，是你們！」正是小聖他們，「我正急著救三姐呢！」

楊不輸便把情況說一遍，「……那催命草現在恐怕已長到三姐肩膀那麼高了！」

二姐立刻哭了起來：「這麼緊迫，只怕來不及救人了！」

「哭有什麼用？」

大家一看，說話的是太乙真人。他最喜歡偷聽別人講話，偷聽了以後還要管閒事。「試……試吧，我來作個移花接木之法。」

斬妖臺上，守著三姐的楊不敗急得心都快要跳出來了，哥哥還沒回來，而那瘋長的催命草已經超過三姐的肩頭，齊了耳朵，快要接近頭頂——

忽然楊不敗驚叫一聲：「呀，怎麼換成你？」

真是眼睛一眨，乾坤大挪移。綁在行刑柱上的竟是鼠精阿喳！

那劊子手可不管是誰，公事公辦。催命草一過頭頂，他立刻揮動大刀，「嚓！」

再說紅鬍子怪老頭門前，鎖在石樁上的阿喳換成了玲瓏三姐，朝著怪老頭直叫「爺爺」！

怪老頭不敢相信，「哼，臭老鼠，你還想假變三姐來騙我？」

這時小聖、小能和二姐趕回來了。「爺爺，這回可是真的了！」

牛仔般的天師

由於孫小聖和豬小能在玉帝面前揭露李天王營私索賄、二郎神栽贓陷害，玉帝核實後立刻判決：罰李天王一年不姓李，罰楊戩三年不下凡（按「天上一日，地上一年」的說法，三年就是三天）。眾神正在議論，忽見一人氣喘吁吁「爬」上殿來。

大家一看，卻是赤腳大仙。

小能不明白，「為什麼要爬，您的腳呢？」

大仙答道：「腳在鞋子裡。」

這就奇怪了，既稱赤腳大仙，怎麼會穿鞋呢？大家就去看大仙的鞋——是一雙女人穿的小繡花鞋。

赤腳大仙赤腳慣了，兩隻腳無拘無束地長得跟船一樣大，這下可太受罪啦！

赤腳大仙爬到玉帝面前，「陛下您得管一管。」他便忍著腳疼述說起來。

原來，赤腳大仙踢球欠準，為此曾煉過「臨門一腳丸」，可是吃了沒用。朋友對他說：「丸」和「完」同音，不吉利；又改成「臨門一腳丹」，還是輸得很慘。朋友對他說：「丹」和「蛋」相近，蛋就是〇，這是找晦氣；要是改成「臨門一腳膏」、「臨門一腳片」

呢？那麼，「膏」就是「高」，「片」就是「偏」，總沒有個好。赤腳大仙於是不改名了，要在藥裡做改進，便派了三位徒兒去蓬萊採藥。

三位徒兒便是金鑼兒、銀鈴兒和鐵笛兒。

他們來到仙山，尋尋覓覓。

金鑼兒說：「我找到了『高吊花』。」

銀鈴兒說：「我發現了『倒鉤草』。」

鐵笛兒說：「這兒有『沉底根』和『衝頂子』。」

採累了，就一起玩一會兒。

鐵笛兒吹起鐵笛，金鑼兒、銀鈴兒用鑼和鈴為他伴奏。

笛聲悠揚，鑼聲鏗鏘，鈴兒響叮噹。

笛聲、鑼聲和鈴聲，引來三位小姑娘。

她們就是和金鑼兒、銀鈴兒、鐵笛兒在鬥法大會上交過手的地府三姐妹。

白眼公主遠遠打招呼：「一聽就知道是你們在這兒！」

不打不相識，少年們立刻活躍起來。

金鑼兒跟白眼公主當過對手，曾經認為她是三姐妹中最難看的一個。但現在覺得，只要白眼不翻出來，白光不射過來，她還挺可愛的。

黃粉公主問：「為什麼你們的曲子還是原來的，聽起來卻要優美得多、舒服得多呢？」

鐵笛兒說：「這是純音樂，不像之前是用來比賽的，不附懾人魔力。」

三姐妹領教過：金鑼兒的金鑼能使人跳，銀鈴

兒的銀鈴能使人笑，鐵笛兒的鐵笛能使人睡覺。

銀鈴兒問姐妹們打算去哪裡？

黑霧公主說：「陰曹地府太悶，聽說有個快活坡，我們想去那兒快活快活。」

三少年便議論起來。

鐵笛兒說：「靠我們的音樂也能快活快活，可是一想到她們在快活坡也許會比我們更快活，我們就快活不起來了。」

女孩們便邀請男孩們一同前往。

於是藥鋤、背簍被暫時扔下，倒鉤草、沉底根什麼的就得讓它們再長一會兒了。

但怎麼個去法要商量一下。

女孩們說：「我們用地遁法。」

男孩們說：「我們用騰雲法。」

這就沒法同行了。女孩們說騰雲會受風力影響，不如地遁快速，一眨眼就到了。男孩們從沒試過地遁法，也就答應圖個新鮮。但必須一個女孩拉著一個男孩，女孩們倒挺大方，男孩們卻有些忸怩。女孩們按「快活坡」三字的筆畫編出數字咒語，齊聲念誦三遍。男孩們立刻感到四周景物模糊起來，似乎世界上只剩下他們六個人……

一陣輕微的振動過後，景物恢復清晰，他們發現來到另一處山野。一條小徑盤坡而上，坡後傳來歌聲：

多快活，快活多，
快活爬滿快活坡。

只見坡後不緊不慢地走出一頭斑斕大虎，虎背上仰躺著一個道童，無憂無慮地唱著歌：

快活天師就是我，
快活把戲一個接一個……

白眼公主一翻白眼，「他這麼點兒年紀就自稱天師？」

那天師從虎背上坐起來，「我乃姜太公關門弟子，你們可別小看我了。」

金鑼兒問快活天師：「你這兒有什麼好玩的？」

快活天師說：「還是你們先把這些鑼兒、鈴兒、笛兒玩給我看看吧！」

三少年拿出各自的法寶誇耀起來——

「我這鑼能叫人跳。」

「我這鈴能叫人笑。」

「我這笛子能讓人呼嚕呼嚕睡大覺。」

三姐妹知道這些法寶的厲害，白眼公主就趕緊提醒妹妹們：「咱們快把耳朵堵起來！」

「對，」黃粉公主說：「省得像上次那樣出醜。」

於是金鑼兒先來敲鑼。

咚鏘！咚鏘！咚鏘！

那老虎立刻掀爪豎尾，暴跳不停。

而虎背上的快活天師卻還是笑嘻嘻的，只用一隻手抓住老虎的後頸，像牛仔比賽中的野牛騎手那樣，

顛不落，甩不脫，輕鬆矯捷，瀟灑極了，一邊催促金鑼兒，「真有勁，再敲響些，敲急些！」

金鑼兒嘟噥道：「再敲就敲破了。」

叮！叮！叮！

銀鈴兒擊打起兩個笑鈴鐺。

但老虎趴在地上，呆呆的沒反應。

黃粉公主喪氣地說：「老虎不會笑。」

黑霧公主說：「天師笑了！」

快活天師辯白道：「我可是一天到晚都這樣笑的。」

鐵笛兒使勁吹笛子也沒用。老虎睡熟了，但天師興致十足，邊聽曲子，邊打拍子。

金鑼兒和銀鈴兒悄悄議論，「這天師還真有點功力！」

白眼公主不服氣，「唰！」「唰！」兩道白光從眼中射出，直向天師掃去。「什麼功力，我讓他在我白眼下渾身發抖！」

好一個天師，眼看白光照來，急取兩面蓮花小鏡，竟將白光毫不浪費地反射到金鑼兒和銀鈴兒身上，弄得二人渾身打顫，忙叫白眼公主快快收光。

「哈哈哈哈！」快活天師樂不可支，「好玩，好玩！」

輪到黃粉公主亮招了。她先發

給三少年一人一個口罩，以防打噴嚏。只聽她鼻孔裡嗤嗤作聲，天師面前立刻黃粉瀰漫。

這天師卻又摸出一個小瓶，轉眼間將黃粉盡都吸入瓶內，還說：「多好的胡椒粉，我吃麵條時正用得著。」

少男少女們無不目瞪口呆，只得把最後的取勝希望寄託在黑霧公主身上了。

黑霧公主用黑色斗篷將自己裹緊，然後從口中吐出一團團黑霧。很快的，聚成蛋形的一大團黑霧，把快活天師困在其中。

黑霧公主對黑霧中喊道：「除非你認輸，不然別想脫身！」

但快活天師不作聲，不認輸——一直不作聲。

黑霧公主便敞開斗篷，讓黑霧漸漸消散。

黑霧散盡，不見天師。

多多少少

男孩、女孩們爬上坡去，見一片道觀式宅院，門樓上有字：

快活仙境

白眼公主說：「那天師一定住在裡面。」

金鑼兒說：「進去看看！」

進門是一條長長的曲廊。

大家沿著曲廊走到盡頭，迎面是三扇關著的門。三扇門形狀不同，一扇是石鼓形，一扇是菱形，一扇是葫蘆形。

該進哪扇門好呢？

金鑼兒、白眼公主走向石鼓形門。靠近門三步，門上便出現字跡：

可進

白眼公主趕緊招呼夥伴們，「你們來呀，這裡可以進去！」

可是黃粉公主和銀鈴兒指著菱形門說：「這門上也寫著『可進』！」

「你們來瞧！」鐵笛兒叫起來。

大家來到葫蘆門前，門上不再寫著「可進」，而是：

內藏寶鏡
非請莫入

「什麼寶鏡，不讓咱看，就偏想看！」金鑼兒一邊嚷嚷著，一邊推開葫蘆門衝了進去。

一人領頭，眾人隨後。

這時快活天師「嗖」地出現。他瞧著眾人背影不敢笑出聲，又悄悄用袖子把石鼓門和菱形門擦去——這兩扇門原是畫在牆上的假門，故意讓金鑼兒他們走進圈套的。

眾人進了葫蘆門後，發現面前又有二門相迎。左門寫著「多多」，右門寫著「少少」。

商量一下，男孩們進了多多門，女孩們進了少少門。

三姐妹立刻被鑲嵌在屋牆上的那些奇特鏡子吸引住了。

在「缺鼻鏡」前，黃粉公主看見自己沒有鼻子的模樣，笑得前仰後合。

黑霧公主去照「無牙鏡」，果然鏡中不見一顆牙，「嘻嘻，像個老太婆！」

「獨目鏡」裡，白眼公主只剩一隻眼了。原來長著另一隻眼的地方，現在光溜溜的，不僅沒有眼珠，連眼窩、眼皮都沒有了。

真有趣，真好玩。

但當她們離開鏡子，互相打量一下，這下感到不那麼有趣、不那麼好玩了。

鏡外的鼻子竟然隨著鏡裡的鼻子一同消失了。

「獨目鏡」真的照沒了眼睛。「無牙鏡」真的照掉了牙齒。

黃粉公主叫：「沒有鼻子，我就沒法噴黃粉啦！」

白眼公主說：「一隻眼睛只能射一道白光，威力差多啦。」

三姐妹走出少少門，遇見一個長鬚垂地的人。白眼公主急忙扯住他的長鬚，

「老公公，您能幫幫我們嗎？」

黃粉公主說：「我們這麼醜，怎麼走得出去！」

沒想到這人哭喪著臉說：「我是鐵笛兒呀！」他掏出鐵笛證明自己，「我是被『長鬍鏡』照成這副鬼模樣的。」

白眼公主說：「你倒好辦。姐妹們，替他把鬍鬚拔光！」

黑霧公主和黃粉公主立刻抓住鐵笛兒，大把大把地幫他拔鬍鬚，疼得鐵笛兒直嚷。

總算拔光了，不疼了。

但鬍鬚又很快地長出來。

白拔了，白疼了。

這時多多門裡又走出銀鈴兒，他的胸前和背後各長出一隻手，他是照了倒楣的「多手鏡」。

金鑼兒呢？「我是照了『多指鏡』。」

白眼公主就扳著金鑼兒的指頭一個一個地數，「喲，你一隻手有十個指頭？」

男孩們都很沮喪，女孩們都哭了起來（白眼公主因為只有一隻眼，哭不過兩個妹妹）。「想不到快活天師的寶鏡是損人鏡、害人鏡！」

快活天師「嗖」地出現。現在他不怕笑出聲了。「哈哈哈哈哈哈！」而且手舞足蹈。

大家很氣憤。

但快活天師還在笑。

鐵笛兒提著又要拖到地上的長鬚，說：「玩笑開過也就算了，你快幫我們變回原樣吧！」

「不，」快活天師說，「我覺得你們現在的樣子更有趣。」

對這種人真是沒辦法，只能找更有辦法的人來對付他。

出了天師宅院，男孩們回頭警告：「我們師傅會來找你算帳的！」

女孩們也齊聲發狠，「我們大哥不會饒了你的！」她們的大哥是名氣很響的閻羅王。

但天師滿不在乎，「快叫他們來吧，我正愁沒人陪我玩呢！」

＊＊＊＊＊＊＊＊＊＊＊＊＊＊＊＊＊＊＊

赤腳大仙正在練球，拿南天門當球門。腳越臭，他就越掛念徒弟們，不知那些藥草採到沒有。

徒弟們怪模怪樣地回來了。沒帶回藥草，帶回快活天師的一派狂言。

赤腳大仙讓徒弟們好好看門，自己氣衝衝前往快活坡，「徒弟吃了虧，當師傅的不能不管！」

赤腳大仙找到快活天師時，快活天師正和他的老虎互相騎著玩，現在輪到老虎騎天師。

天師一邊馱著老虎，一邊抬頭打量著來客，「你是誰？為什麼光著腳？」

赤腳大仙說：「我是赤腳大仙，要是不光著腳，就得改成『不赤腳大仙』，申請換招牌挺麻煩的。」

「可是，」快活天師說，「光著腳就沒法踢球啦！」

沒想到天師也是個球迷，赤腳大仙來勁了，「拿球來，我踢給你看！」

天師便叫老虎取球給大仙。

大仙說：「別人踢球是指哪打哪，我特別些，打哪指哪！」

只見大仙幾步助跑，一記勁射——

這一腳很有力量，但無法繼續評論，因為踢出的球失蹤了。

也許踢到九霄雲外，但等了半天沒掉下來。天師發現老虎的脖子鼓鼓囊囊，就把胳膊伸進虎口裡，把那球掏了出來。

但球入虎口時，把虎牙都打掉了。天師就叫老虎回去找一面長牙齒的寶鏡照一照。

赤腳大仙結結實實地露了一腳，好得意。

一眨眼，快活天師手上托著的球不見了，換成一雙繡花鞋。

天師說：「大仙，這鞋您穿上試試。」

大仙說：「別胡鬧，我從不穿鞋。再說這鞋也太小啦！」

「能穿，能穿！」天師一揚手，掌中的小鞋立刻到了大仙腳上。

大仙一邊嚷著腳疼，一邊拚命脫鞋。

可是脫到現在也沒脫掉……

赤腳大仙翹起腳來讓玉帝看：「就是這臭鞋！」

小聖在一旁看不過去，「這天師靠捉弄別人取樂，真不像話。」

小能說：「大仙，我們幫你去教訓教訓他！」

於是小聖和小能請求玉帝批准。

「我們也去！」楊不輸和楊不敗向來愛湊熱鬧。

楊戩卻不以為然，「又是狗拿耗子。」

對這種事玉帝是無可無不可，「你們要去

就去吧。不過，要是能占上風，就說代表我的；要是輸了，就說只代表你們自己。」

「明白了。」

小聖、小能、不輸、不敗便隨赤腳大仙去打抱不平。

鏡影迷宮陣

大仙穿著小鞋，腳疼走不快，要大家慢慢走，等等他。

小聖說：「可我是急性子……」

火眼楊不敗不如冰眼楊不輸冷靜，說：「我也不耐煩磨磨蹭蹭的。」

於是小聖和不敗甩開大家，先行一步。

小能想了想，將手中石杵遞給不輸，「你替我拿這個吧！」

楊不輸接過石杵，滿臉不解。

小能蹲下身子，對大仙說：「您這麼痛苦，就別走了，要不我來替您走吧！」

小能勁真大，可是大仙也真胖，小能背大仙，壓得直出汗。赤腳大仙不忍心了，「好孩子，我運起輕功，好讓你省力些。」大仙就在小能背上開始運功。小能覺得負擔越來越輕。最後，大仙全身的重量和根雞毛差不多了。

這下小能健步如飛，很快就把楊不輸扔得遠遠的。

楊不輸扛著自己的狼牙棒，加上小能的石杵，越來越吃力了。

沒想到小能背著大仙又飛快地跑回來，「楊不輸，還是你來背大仙，我來拿兵器吧，我力氣比你大。」

豬小能真是好樣的，他把變得非常輕的大仙讓給楊不輸，自己來扛起重重的石杵和狼牙棒。

正走著，迎面遇見觀世音菩薩。

觀世音問：「你們上哪兒去？」

赤腳大仙便把受快活天師戲弄的事說一遍。

「原來是這樣。」觀世音說，「我能把你的小鞋脫下來。」

大仙忙說：「我信！孫悟空的緊箍兒也是您取下的呢！」

觀世音微微一笑，念起鬆鞋咒：

鞋兒鬆鬆，

鞋兒鬆鬆，

飛到我手中。

還真靈，轉眼間赤腳大仙又名符其實了。

但他說：「鞋脫掉了，

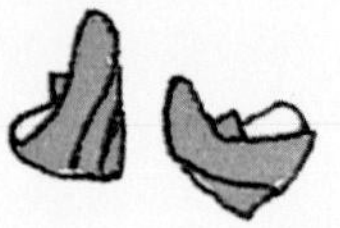

可腳還在疼。」

小能便叫大仙回家休息，「我們去找快活天師！」

觀世音菩薩手托那雙小鞋，慈眉善目地對小能、不輸說：「對付快活天師不能硬來，我教你們一個法子……」

＊＊＊

再說性急先行的孫小聖和楊不敗。

來到快活坡，看見一隻老虎在坡上閒逛。

小聖對不敗說：「一山無二虎，這一定就是快活天師養的那隻，我們可以跟牠回家。」

小聖便把老虎招呼過來，同牠商量：「你要是想騎我們，就先讓我們騎一回……」

老虎答應了，馱著小聖和不敗來到天師宅院，但小聖耍賴不讓老虎騎，惹得

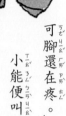

老虎怒吼起來，這就驚動了快活天師，省得敲門了。

天師出門相見。小聖自報了姓名，接著便開門見山地提出：「請你把金鑼兒他們變回原樣。」

「不然的話，」楊不敗伸出拳頭，「我們就叫你變變樣！」

快活天師嘟噥說：「看來，你們是存心讓我不快活？」

小聖、不敗趕緊持兵器在手，「你只顧自己快活可不行！」

天師「托」地跳上屋頂，一抬手，「來，來，讓你們見識一下我的絕妙陣法。」

小聖、不敗隨著上了

屋。只見那天師點動手中拂塵，開始在山谷布陣。轉眼間已布下九九八十一面無形鏡。

「舉世無雙，人間首創。智力體力綜合型高級遊戲，鍛鍊身心，老少咸宜。鏡影迷宮陣——」說完這一套，天師躍入陣中，倏地不見。

小聖、不敗對看一眼，不容猶豫，緊跟著往下跳。進入迷宮陣，前盤後曲，左環右繞，越走越暈頭轉向，不一會兒已經難辨上下來去，南北東西。

忽然楊不敗一指，「他在那邊！」

快活天師正在前面嬉皮笑臉。

小聖掄一雙石筍，不敗舞一對石蘑菇，趕緊撲過去——

像石塊投進湖水，湖面的影像碎成片片，天師的身形也立即分裂，向四周飛

散開去。

二人正在發愣，身後又出笑聲。

轉身一看，竟有兩個快活天師並肩而立，容貌、穿戴一模一樣，舉手投足也絲毫無差。

不敗問小聖：「哪個是鏡影？哪個是真身？吃不準，分不清。」

小聖說：「不怕，咱們一人對付一人，總能逮住一個真的。」

正說著，天師又多了一倍，變成了四個。

「怎麼辦？」不敗又問小聖，「現在敵眾我寡了。」

只見四個天師一齊開口說：「你們再回頭看看。」

小聖、不敗回頭看——咦，原來是一模一樣的四

對小聖和不敗。

不敗高興地說：「好了，是我們自己人！」

孫小聖走到孫小聖們跟前，伸手一探，不由吃驚，「不對，這都是幻影！」

快活天師又出現了，但這次是頭朝下腳朝上（要橫著站也可以，憑他高興）。「是的，你們見到的都是鏡中的幻影……」

天師的幻影向小聖、不敗的頭頂飄過來，又從他們的腳底滑過去……

「這就是我的鏡影迷宮陣，你們出不去啦！」

天師的幻影消失了，不再出現。

孫小聖和楊不敗左衝右突，找不到出路。

四面都是自己各種角度的幻影。

和自己的幻影鼻子碰鼻子。

向自己的幻影揮拳怒吼：「滾開！滾開！」當然，幻影也用同樣的姿勢揮著拳頭。

最後，他們十分疲倦地坐到地上。

不敗說：「我們真的出不去了？」

小聖罵：「該死的迷宮陣！」

＊＊＊

再說豬小能和楊不輸也已來到快活坡。

楊不輸多兩隻眼，發現情況不對，這時緊握狼牙棒，朝林中一指，「瞧，老虎！」

小能定睛細看，安慰不輸道：「別慌，這是一隻吃草的老虎。」

小能就走過去撫摸老虎，一邊問牠：「你為什麼肯吃草？是因為有腸炎不能吃肉嗎？」

老虎看看小能，反問道：「剛才來的孫小聖和楊不敗，是你們的夥伴吧？」

小能說：「是的。」

「那我就不高興回答你的問題。」

「為什麼？」

老虎就把小聖耍賴的事說一遍。

小能想一想，「是不公平。這樣吧，小聖欠的賬，我替他還，誰叫我是他的好朋友呢！」

小能就爬在地上讓老虎騎了一圈。

老虎高興極了，對小能說：「你遇到孫小聖，可以騎他一回，這樣大家都不吃虧了。」

但小能說：「好朋友這樣斤斤計較的，多難為情呀！」

老虎一愣，「那，我應該難為情了，——我已經把你當成好朋友了，卻還斤斤計較。好吧，我就來回答你剛才的問題。因為我家天師不許我傷害小動物，我就只好吃草了。」

小能對楊不輸說：「看來這天師還是有一點好心腸的。」

「多謝誇獎！」

小能、不輸回頭一看，說話的是一個手持拂塵的道童。那老虎立刻貓一般溫順地偎靠到主人腳邊。

小能、不輸便知道，這是快活天師出現了。

陰風大將出示紅牌

快活天師問豬小能、楊不輸：「你們也跟剛才兩位一樣，想來教訓我？」

楊不輸說：「他們兩個哪去啦？」

天師說：「被我困在迷宮陣裡啦！」

天師滿不在乎的樣子激怒了楊不輸，楊不輸覺得使用狼牙棒的時候到了。

但小能悄悄對不輸說：「別動手！我來試一試觀世音菩薩的法子。」

小能掌中托出一雙小繡鞋，問天師：「認識這東西嗎？」

天師好驚異，「我以為赤腳大仙再也不會赤腳了，怎麼脫下來啦？」

小能說：「不但能給他脫下來，還能給你穿上去。」

「吹牛皮！」

「牛皮？又不是皮鞋。不信，立刻試試看。」

天師就甩掉原來的鞋，伸出光腳等著。

小能念起觀世音菩薩教給的咒語：

鞋兒小小，

鞋兒小小，

穿上脫不掉！

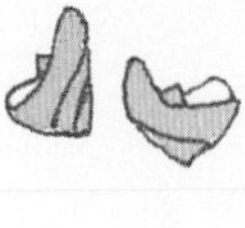

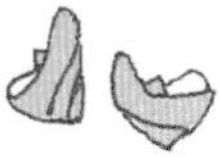

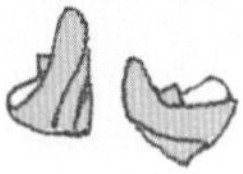

還沒等天師使出防空法術，小鞋已經雙雙飛到，緊緊套牢，真正「穿上脫不掉」了。

「哎喲！腳怎麼這麼疼！」

雖是自家的鞋，但用別人法術穿上的，也只有用別人法術才能脫掉。

見天師疼得齜牙咧嘴，楊不輸問他：「你也知道滋味不好受啦？」

小能說：「這下你知道不該捉弄別人了吧！」

快活天師從痛苦中覺悟過來，「我明白啦！快給我把鞋脫掉吧！」

楊不輸說：「脫鞋不難，你先把我們的人放出迷宮陣。」

天師生氣了，「你們為什麼不相信人？」

小能忙說：「我相信你，我馬上念鬆鞋咒。」

說念就念，「鞋兒鬆鬆……」但小能的記性又出問題了，第二句怎麼也想不起來了，「楊不輸？你記得下面怎麼念嗎？」

楊不輸沒法幫助他，「菩薩教給你的，我怎麼知道？」

天師一聽這話，火冒三丈，指著小能叫道：「好，你騙人！你記得穿鞋咒，就不記得鬆鞋咒？」

小能委屈得直拍胸脯，「你要我們相信你，你也應該相信我呀！我這就再去請教觀世音菩薩。」

一邊說著，小能跳著一塊過路雲，匆匆趕往南海去了。

天師呆呆地望著雲影遠去。回過頭來，對楊不輸說：「好吧，我這就把你們的人放出來。」

天師忍著腳疼，揚起拂塵，正要化解迷宮陣，忽見坡下旌旗獵獵，喊一聲：

「那是怎麼回事？」

轉眼間，一名將官領無數軍士洶洶而至。

這員大將，手持大刀，不講禮貌，「快活天師，不能讓你快活下去了。我乃閻羅王麾下陰風大將，今帥十萬陰兵，特來找你問罪！」

天師冷笑一聲，指著陰風大將質問楊不輸，「你們是一夥的吧？」

楊不輸急了，「不，不是的，我發誓！」

楊不輸又趕緊與陰風大將交涉，「你快快退兵，別來壞事。」

陰風大將說：「要我退兵，除非兩樣：你權勢大，我服你；你本事大，我怕你。」

楊不輸的拿手本事是冰眼寒光，便說：「好吧，讓你瞧瞧我的厲害。」要做個榜樣，正好天師的老虎蹲在一旁，便

朝老虎睜開額上冰眼。兩道超低溫寒光直射過去，老虎還沒來得及叫冷，就被凍成一座冰雕，一動都不能動了。

沒想到，陰風大將毫不在乎，「哈，這有什麼厲害？簡直是龍王廟前賣水！」

陰風大將鼓起兩腮，絕不摻假的正宗陰風向楊不輸撲面吹來。

「好冷……冷到骨頭裡了！」楊不輸被吹得直打哆嗦。

快活天師心疼地撫摸著冰老虎，催促楊不輸，「快給我的老虎解凍！」

楊不輸為難了，「可我只會冰凍，不會解凍。要不，你把我兄弟放出來，他會用火眼把冰烤化的。」

「呸！」天師被惹惱了，向迷宮陣一指，「你自己去救你兄弟吧！」

快活天師會生氣，楊不輸也會生氣。寧願豁出去，也不能讓別人看不起。

楊不輸跳進迷宮陣。

四周只看到各種各樣的自己：瘦高個兒楊不輸，矮胖子楊不輸，橄欖頭楊不輸，柿餅臉楊不輸……

他大聲喊道：「不敗——！小聖——！」

沒有人答應他。

他也迷失在迷宮陣中。

再說陰風大將，向快活天師宣布：「你戲弄了三位公主，閻王爺要你去一趟。」

天師冷笑，「我要是不去呢？」

「不去？」陰風大將出示紅牌，牌上寫著「勾命」二字，「就用這個要你的命。」

不料天師公然不懼，「我早已脫凡成仙，閻王豈能管我！」

陰風大將用勾命牌試勾了幾次，勾不動，「怎麼辦？……有了，他既喜歡老虎，我先取老虎的命。」

勾命牌在冰老虎頭上一拍，天師連忙阻攔，來不及了，老虎已經靈魂出竅。

陰風大將又取出個葫蘆，這是收魂葫蘆。只聽「滋溜」一聲，立刻吸走了虎魂。

天師捨不得老虎，便答應去地府走一遭，「大不了上刀山，下火海。做學生時，畢業實習到過地府，見識過這一套。當時直鬧得刀山捲刃，火海熄焰，還是閻王爺親自寫的鑒定呢！」

陰風大將叫眾陰兵按規定給快活天師套上鎖鏈。天師從沒戴過這個，覺得好玩，也就沒掙扎。

可是「哢嚓」一聲，鎖緊拴牢。天師感到不舒服，卻已無法擺脫了。

陰風大將說：「瞧，這是新技術。別拿舊眼光看地府。現在刀山換成了錢山，要知道金錢最燙人，錢山最難過呢！」

天師沒爬過錢山，不由暗暗叫苦。

這時二郎神楊戩帶著哮天犬，東張西望來找兒子。

楊戩看見天師被四個陰兵緊緊抓住，舉在頭頂，像戲劇那樣，便問：「快活天師，看見我兩個兒子沒有？」

天師答道：「他們和孫小聖一起，都困在我的迷宮陣裡了。」

「好，」楊戩立刻拿定主意，「我來救你！」

二郎神舞動三尖兩刃刀，與陰風大將廝殺起來。哮天犬撲向陰兵們，使他們難以抵擋。快活天師坐地上，腦袋扭來扭去地當觀眾。

陰風大將想讓楊戩逃走，但打不過楊戩，只好自己逃走了。

哮天犬替快活天師咬斷了鎖鏈。

天師問楊戩：「為什麼要救我？」

楊戩說：「因為只有你才能使我兒子走出迷宮陣。」

「我願意報答你，只是，」天師指一指穿著小鞋的腳，「我的腳痛難行。」

楊戩說：「這不難，鬆鞋咒兒我聽觀世音念過。」

楊戩便念起鬆鞋咒：

鞋兒鬆鬆，

鞋兒鬆鬆，

飛到我手中。

一雙小鞋乖乖脫出，飛向楊戩的手掌，好一會不能快活的快活

天師一下子跳了起來。

「走吧，」天師挺講信用，「去迷宮陣！」

但楊戩卻鬼鬼祟祟的，「不過，我跟你說……」

金眼引路蟲

孫悟空也出來找小聖、小能。

孫悟空在雲端聽見楊戩說：「只要救出我兒子就行，別管孫小聖了。」

聽了這話，天師也一愣。

楊戩又道：「老實說，我不喜歡孫小聖。」

天師搖搖頭，「老實說，我不喜歡你了。」

天師拔腳就走，「我還是先去地府救我的老虎。」

楊戩大聲呼喚，狗幫著他，可是天師頭都不回。

悟空暗暗稱讚：「唔，還算是個好孩子。」

悟空用金箍棒擊打地面。

「土地爺在哪裡？」

土地爺從地裡冒出來。但因年老無力，他先冒出兩條腿，便連聲求助，「大聖幫我一把吧！」

悟空拉住土地爺的腿，把他像拔蘿蔔似地拽了出來。

土地爺拍拍土，問聲大聖，「有何吩咐？」

悟空便向土地爺討教：「你知道如何對付迷宮陣？」

土地爺很高興，「一直沒人問我這種問題，我擔心我這知識會永遠派不上用場了。好極了，讓我告訴您，有一種金眼引路蟲，可以把人帶出迷陣深谷。此蟲只在李天王花園中有。」

「多謝指點！」

「您再問點別的吧，我有好多知識等著別人來問呢！」

但悟空很抱歉不能問下去了，他要立刻去向李天王求取引路蟲。

＊＊＊＊＊＊＊＊＊＊＊＊＊＊＊＊＊＊＊＊＊＊＊＊＊＊

豬小能來到南海，朝著海中的一個紫竹小島降落下去。

這個小島就是落伽山。小能在這裡找到了觀世音菩薩。

「菩薩，鬆鞋咒被我忘了，您再教我一遍吧！」

「你呀，」觀世音說，「人不大，忘性倒不小。」

觀世音便又將咒語教一遍。

小能顛來倒去地念熟了，謝了菩薩就要走，卻又磨磨蹭蹭地回頭瞧菩薩。

觀世音奇怪地問：「是不是餓了，要我留你吃午飯？」

「不是的，」小能吞吞吐吐，「我，我怕把咒語又忘了，想求菩薩給我一點長記性的藥。」

觀世音笑了，就從插在淨瓶裡的柳枝上摘下一片葉子，燃著了，放在小能掌心，囑咐道：「你可不能怕燙。」

小能和小聖同去老君爐中煉過，怎麼會怕燙。

那柳葉燒成了灰。

觀世音說：「這叫伶俐粉。把它吸進鼻孔，可以記起一件忘掉的事。」

「多謝菩薩！」

小能駕起雲頭往回趕。一路上不停地背誦著咒語，「鞋兒鬆鬆，鞋兒鬆鬆……」拿著伶俐粉的那隻手握得緊緊的。

轉眼回到快活坡。豬小能忙著嘴裡，沒顧腳下，一不留神被絆倒了。因為小能肉膘厚，所以這一跤雖然摔得不輕，卻沒傷著哪裡。但爬起來再背咒語時，卻一句也想不起來了。

幸虧伶俐粉還牢牢抓在手裡。

小能嘟嘟囔囔地罵石頭。但仔細一看，絆倒他的不是石頭，是一頭像石頭一樣一動不動的老虎。

是快活天師的老虎，怎麼凍住啦？凍得硬梆梆的。小能想到自己跟雷神學過春雷解凍歌，可以救救老虎的。

可是，可是……該死的記性！

為了救急，小能將掌中伶俐粉吸進鼻孔，嘴裡念著：「春、雷、解凍……啊噻！」

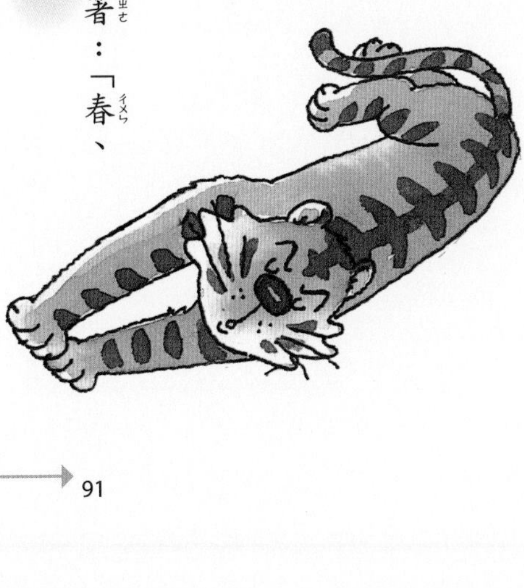

一個噴嚏過後，小能覺得腦袋裡「嘩啦嘩啦」像在飛快地翻動一本大書，書裡的畫頁越來越清晰……學歌的情景浮現出來，小能脫口唱起：

哈！哈！哈！
春雷當頭冰河化。
嘁里哢嚓，稀里嘩啦！
稀里嘩啦，嘁里哢嚓！

老虎身上「滴答，滴答」……開始滴水化凍。

滴到最後，老虎硬梆梆的身體變得軟綿綿，站不住了，就一下子癱倒下來。

小能這才發覺不對，抱著老虎叫道：「好容易給你化了凍，你怎麼死啦？你家天師呢？」

有人回答：「他去地府了。」

說話的是二郎神楊戩。

楊戩催促小能，「要救孫小聖，只有找天師，快去呀！」

小能說：「我是要去的，可我有點奇怪，你兒子也困在迷宮陣裡，你為什麼不去找天師呢？」

楊戩說：「這是因為，因為我去地府……不方便。我在那兒有許多朋友，但都是我把他們弄到了那兒……要是我去那兒，可不容易回來呢！」

「我明白了，」豬小能自言自語著走開，「想

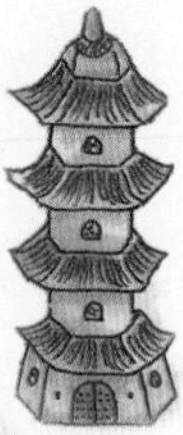

去地府又想回來的人，必須是沒害過人的人。」

這時候，孫悟空已來到天王府。

「李天王，」悟空行禮道，「老孫有一事相求。」

李天王熱情讓座，「大聖不必客氣，有事儘管開口。」

悟空說，「小兒被困迷宮陣內，想要借你花園裡引路蟲一用。」

「哦？」李天王暗想，「我園裡有這樣的寶貝，我怎麼不知道？」

李天王便向悟空打招呼：「我去與管家商議捕蟲之事，大聖請稍待。」

李天王走到裡間，吩咐管家：「快將引路蟲盡數捕來，我要用它賺大錢。」

管家道：「老爺，此蟲頗有靈性，喜歡助人。若強行捉來，反而不肯帶路了。」

悟空在外面等得不耐煩了，「這麼久了，還沒商議好？」便摘下一隻耳朵，使它飛去貼在裡屋壁上，細聽屋內對話。

只聽李天王道：「管它肯不肯帶路，趁猴頭急著要蟲，狠狠敲他一筆竹槓！」

李天王取自己的鎮魔寶塔，交給管家，「帶我的寶塔去，一下子全捉來了。」

管家道：「遵命。」

那悟空探得底細，心中好笑，「你想占老孫的便宜？」

便使個分身法，讓替身坐在客廳椅子上，真身悄悄去往後園。

李天王的花園無邊無際，珍木奇卉令人目不暇接。

悟空為難道：「這花園真大，蟲兒真

多，去哪兒找引路蟲？」

忽見那管家手托著寶塔朝花園深處走去，悟空心喜，「要找引路蟲，自有引路人！」

悟空變作李天王模樣，叫住管家。

管家哪辨真假，「老爺，還有什麼吩咐？」

假天王道：「你這樣細尋慢找，豈不誤了我的事？」

管家陪笑解釋，「哪裡用細找，這引路蟲只在園中央的那棵大杏樹上做巢。杏，『信』也，此蟲以信義為本——」

沒等管家細細引經據典，悟空說聲：「多謝指點。——定！」便用定身法把管家定得動彈不得。

悟空來到園中大杏樹下，果然看見無數金眼甲蟲，嚶嚶嗡嗡繞樹飛舞。

轉眼間，悟空被成群的蟲兒團團圍住，身上、臉上都是蟲了。

「不要這麼多！」悟空一邊招架，一邊說明，「只要一個，不，只請一位！」

忠於職守的打瞌睡將軍

「蟲怎麼還沒抓來？」李天王在屋裡想道，「那猴頭一定等急了。」

李天王走出裡屋，看見悟空的替身很有耐心地坐在客廳裡。

李天王說：「大聖，蟲馬上就抓來，但價錢要先講好。」

見「大聖」不作聲，李天王又提議：「買蟲要搭配，一隻引路蟲搭二百隻蒼蠅，怎麼樣？」

假悟空還是沒有反應。甚至都不願點點頭或搖搖頭。

「你老兄倒是說話呀！」李天王沉不住氣了，伸手推了一下對方的肩膀。

假悟空直挺挺向後倒去——

跌到地上時，發出的聲響竟是「嘩啦！」

原來是李天王客廳裡的一個古董大花瓶被悟空化作替身，現在摔成了碎片。

李天王覺得是自己摔成了碎片！

悟空的真身已經帶著引路蟲走出十萬八千里了。

遇見二郎神楊戩和他的狗。

楊戩問：「大聖從哪裡來？」

悟空說：「找了個引路蟲，來闖迷宮陣。」

便把求蟲經過說一遍。

楊戩一邊嘲笑李天王不會做生意，一邊要求悟空帶他同行。

悟空正要戲弄楊戩，反問道：「如果你是我，你會答應嗎？」

「肯定會的。」楊戩說，「如果引路蟲是我弄到的，你想來沾光，我就正好趁機向你收一筆辛苦費。」

「但畢竟我不是你。」悟空笑道。

楊戩挺懊喪，「你是說，你不願意咱倆做伴？」

「不，我可以答應你，」悟空說，「但我不會要你交錢。」

楊戩高興死了。

他們來到快活坡深谷邊上，帶著引路蟲和哮天犬一齊往下跳。

進入迷宮陣，聰明人變成糊塗人。

走著走著，悟空不見了。

楊戩慌了，「大聖，你在哪裡？」

悟空的聲音：「好久沒玩捉迷藏了，你不想玩玩嗎？」

楊戩只好硬著頭皮來玩。

玩到後來，不僅楊戩找不到悟空，哮天犬也找不到楊戩了。

「別玩了，」楊戩哀求道，「我要迷路了！」

悟空的聲音：「活該，你還想讓小聖困在陣裡呢！」

楊戩快要哭了，「我要找我的兒子，大聖，你應該將心比心呀！」

悟空說：「『將心比心』的話還是對你自己說吧！你也不用找兒子了，到時候，讓兒子來找你吧！」

金眼引路蟲在悟空前面高高低低地飛，飛得很快。

起初悟空跟著蟲兒走，後來跟著聲音走，再後來「嚶嚶嗡嗡」的聲音也聽不見了。

孫小聖和楊不敗正在陣中瞎碰亂撞，這裡聽見「嚶嚶嗡嗡」的聲音。

小聖定睛一看，「一隻奇怪的蟲子。」

不敗說：「會不會叮人？」

引路蟲又飛回去，把悟空引來了。

悟空看見兒子好高興，小聖看見爸爸好高興。但小聖看見三個爸爸，悟空看見三個兒子。

悟空疑惑著，「哪個是我真兒子？」

小聖吃不準，「哪個是我真爸爸？」

他們互相摸來摸去，但老是撲空，頭都轉昏了。

悟空急喊，「引路蟲，幫忙幫到底呀？」

喊罷，再看三個兒子，其中一個兒子的鼻子上叮了個蟲子。

於是排除了幻影，真爸爸找到了真兒子。

引路蟲又幫楊不敗找到了哥哥楊不輸。

他們一起走出了深谷迷陣。

大家向引路蟲齊聲道謝。

引路蟲盤旋舞蹈一番，飛走了。

這時悟空發現小能不在，忙問孩子們。

楊不輸說：「我進陣以前，他找觀世音菩薩問咒語去了。現在早該回來了。」

悟空說：「我再問問土地爺。」便又用金箍棒敲打地面。

土地爺出現，告訴大家，小能到地府找快活天師去了。

楊不敗說：「這鬼天師把我們困了那麼久，小能找他幹嘛？」

楊不輸說：「還不是為了救咱們？」

小聖說：「該馬上把小能找回來！」

悟空說：「地府入口在陰山後面，咱們快走吧！」

＊＊＊＊＊＊＊＊＊＊＊＊＊＊＊＊＊＊＊＊＊＊＊＊＊＊＊＊＊＊＊＊＊＊＊＊

豬小能早已來到陰山背後。

那兒有一口深深的井。

兩員守將又高又壯，一邊一個，筆挺地站著。一個是上身黑甲下身白甲，一個是上身白甲下身黑甲，各人手執一柄銅錘。

小能遠遠就聽見傳來沉重的聲響。原以為這聲響出自井中，走近了，才知出自二將的鼻孔。

小能想：「站著也能睡覺打呼嚕，這可不容易。」

二將的鼾聲一起一落，一呼一應，配合默契的二重奏。

小能看了一會，見二將毫無止鼾醒來的意思，就走上前去，將他倆手中銅錘抽了下來。

那二將，姿勢不變，鼾聲不斷。

小能不耐煩了，將雙錘「砰砰」相擊，「喂，難道你們是被派來打呼嚕的麼？」

二將這才驚醒。

「呃，我們是奉命把守地府之門的黑白將軍與白黑將軍是也。」

「快把銅錘還來，沒有這個不好看。」

小能交還雙錘，說：「我要進地府找快活天師。」

二將又一本正經地拿起銅錘。

黑白將軍說：「快活天師？沒見過這人，至少在我們醒著的時候沒見過。」

白黑將軍說：「不能放你進去，除了打瞌睡以外，我們是很忠於職守的。」

二員守將鐵面無私，毫不通融，小能只好等到他們又睡著以後……

小能跨進井口，向下墜落。

先是越來越黑，後又漸漸明亮。

井口正對的下方是一片街市。

這時一乘小轎經過，小能正好落在轎頂上。

轎夫甲覺得怪，「怎麼轎子越抬越沉了？」

轎夫乙說：「是因為咱們閻王奶奶的心事越來越重了吧！」

「可不是，三位公主整天又哭又鬧，越鬧越兇。」

小能在鬥法會上見過地府三姐妹，便想：「我該順便去看望、安慰一下她們。」

轎子抬到閻王府前，閻王奶奶下轎往裡走。

小能上前行禮道：「請奶奶告訴公主們，就說朋友豬小能來了。」

閻王奶奶直擺手，「公主們怕出醜，無論是誰，一概不見。」

小能討個沒趣，只好走開，去找快活天師。

一路走著，聽街上閒人傳播著消息：

「今天擂臺上誰當臺主？」

「是楚霸王。」

「看看去！」

小能被裹進人群，也就跟著一起走向擂臺。

地府擂臺

只見擂臺兩邊，貼著醒目的對聯：

有膽量的上來
沒本事的下去

擂臺上，面如鍋底的楚霸王，單手舉起巨鼎，贏得滿場喝采。

楚霸王不可一世地向臺下挑戰：「別怕傷了骨頭扭了筋，誰敢上來，醫藥費

我來支付！」

只見「嗖！」「嗖！」「嗖！」「嗖！」四條大漢飛身登臺。

全是黑臉皮，一個比一個黑。

楚霸王說：「你們一個個報上名來。」

四大漢亮開大嗓門：

「張飛。」

「焦贊。」

「牛皋。」

「黑旋風李逵！」

四人站成一排，特別神氣的是「黑旋風」。

但臺下的真李逵舉手揭發：「他是冒牌貨，他叫李鬼！」

李鬼慌了，「倒楣，又被戳穿西洋鏡。」

不等假「黑旋風」溜走，楚霸王趕上一把抓住，「說，為什麼要冒名上臺？」

李鬼供道：「我想混在他們三個裡面，打敗了您，好……」

「好招搖撞騙，是不是？」楚霸王抓住李鬼胳膊的手稍稍用力，「給你做個記號，好讓大家容易識別。」

李鬼被扔下臺時，左胳膊已比右胳膊長出一大截。

李鬼哭喪著臉求霸楚王，「一長一短不好看，您乾脆把這邊也揪長吧！」

楚霸王讓大家做主，大家覺得不必修改了，一長一短挺好的。

見楚霸王有此神力，觀眾中的矮子武大郎擠上臺去，訴說自己身患侏儒症被人笑、被人欺的痛苦……

楚霸王向來是一團威風裹著一副軟心腸，便蹲下龐大的身軀，一手握住武大郎頸項，一手抓住他的腳踝，學拉麵師傅的動作……

武大郎被拉成一米八二，「再沒人叫我『三寸釘』啦！」

臺上張飛等三位大漢，覺得原來的體型挺理想的，不願再作什麼改動，就放棄交手，自行退下。

眼看楚霸王無人匹敵，擂臺奪魁。

卻聽得一聲：「我婁阿鼠來哉。」

這挑戰者瘦骨伶仃，賊忒嘻嘻，使楚霸王瞧著發愣。

婁阿鼠說：「蠻勁不如巧勁，我能把你的衣服全剝光。」

楚霸王有些緊張，但還是說：

「我不信，來吧！」

楚霸王向婁阿鼠全力撲去。

婁阿鼠從楚霸王腋下鑽過，順手摘下楚霸王的帽子。

幾個回合下來，本來全身甲冑的楚霸王，現在只剩下了短褲和短褂兒。

而婁阿鼠頭戴霸王盔，身披黃金甲，神氣活現地揶揄楚霸王說：「敢再來嗎？再來讓你光屁股！」

「好厲害的小偷。」楚霸王洩了氣，不得不認輸退場。

婁阿鼠取得勝利。

婁阿鼠問臺下觀眾：「為什麼不喝采，不拍手？」

有觀眾喊：「要等有人使你不這麼神氣活現，我們才拍手呢！」

忽聽有人念道：

鞋兒鬆鬆，
鞋兒鬆鬆，
飛到我手中。

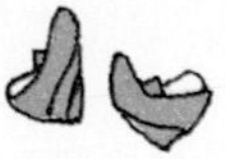

觀眾中的豬小能好驚奇，「這不是鬆鞋咒嗎？」說時遲，那時快，不管婁阿鼠願意不願意，婁阿鼠的鞋掙脫婁阿鼠的腳，飛走了。

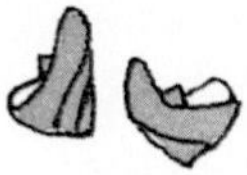

鬆鞋咒又改成「丟盔咒」、「卸甲咒」、「脫衣咒」……從楚霸王身上剝下來的頭盔、鎧甲、婁阿鼠自己的小褂兒、肚兜兒，全都爭先恐後地離開婁阿鼠。

豬小能帶頭，全場觀眾一齊熱烈鼓掌。

婁阿鼠一邊使勁拉住身上僅剩的一條褲衩兒，一邊向臺下哀求：「哪

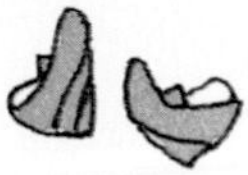

位高手，手下留情！」

這位高手便一躍而起，跳上臺去。

小能驚喜，「原來是快活天師！」

婁阿鼠趕緊溜走。

快活天師為救他的老虎來到地府。去找閻羅王的路上，見到打擂臺，不由技癢，剛才露了一手。

天師登臺亮相，掌聲更加響亮。

天師受到鼓勵，「謝謝大家，願意滿足各位，再表演幾樣小法術。」

觀眾們興奮地議論起來。

有人故意提個難題，「你能讓天上掉雞蛋嗎？」

「下一場雞蛋雨？這容易，待我作法。」

快活天師向空中揮動拂塵。

局部地區下起雞蛋雨。這「局部地區」就是那個出題觀眾的頭頂。連續不斷的雞蛋掉下來，這觀眾滿頭蛋殼，滿臉蛋黃，連聲叫停。

又有人說：「要不，再讓他下點別的什麼？」

小能大聲提議：「我說，讓快活天師把三位公主變回原樣吧！」

「對！」大家一致贊同，有節奏地高喊：

幫幫——公主！　幫幫——公主！

一片呼聲中，天師思考著：「這倒好玩，這叫『解鈴還須繫鈴人』。再說，為救我的老虎……」

天師隨眾人來到閻王府。

天師取一小面鏡子交給門衛，「把這面歸正鏡拿去給公主們照一照。」

這時豬小能從人群中擠過來招呼天師。

天師看見豬小能很高興。

小能說：「我替你把鬆鞋咒問好了，『鞋兒鬆鬆』……糟糕，」他使勁拍自己腦袋，「又

忘記了！」

「不要緊，」天師安慰小能，「我知道這咒語了，我可以告訴你：鞋兒鬆鬆，……」

「不不！」小能忙叫天師住口，「這咒語應該由我告訴你的，怎麼好意思讓你告訴我。——可是，唉，我的伶俐粉都用光了！」

「反正用不著了。」天師翹起一隻不再委屈的腳給小能看，「我相信你沒騙我。」

***

閻王府裡，三位公主搶著照「歸正鏡」。一照，真靈，三姐妹五官完整，恢復原樣。

白眼公主失去的那隻白眼回來了，「不過，被快活天師捉弄了這麼一場，我的氣還沒消。」

黃粉公主說：「對，不能就這樣原諒他。」

黑霧公主說：「一報還一報，這才公平呢！」

等到她們商量出好辦法，才叫門衛去對快活天師說：「三位公主請你進去。」

小能說：「我也進去！」

豬小能和快活天師一起出現，使公主們感到意外。

剛要互相打招呼，屋裡一個木架上插著的六根棒子把兩個男孩吸引住了——六根棒上分別雕著豬頭、牛頭、羊頭、雞頭、馬頭、狗頭。

小能問：「這是什麼？」

黑霧公主說：「這是我大哥的六畜輪迴棒，我們借來玩玩的。」

天師頓時玩興大發，「快說，怎麼個玩法？」把救老虎的事丟在腦後了。

六畜輪迴棒

白眼公主對著快活天師，裝作一本正經，「你先把眼睛閉起來。」

天師便閉起眼睛。

黃粉公主說：「兩手放在地上。」

天師又照辦了。

小能也要跟著學，黑霧公主急忙推他一把，「還沒輪到你呢！」

天師說：「都準備好了，怎麼玩，快開始吧！」

白眼公主就從架子上抽出牛頭棒，輕輕掄起來，朝天師後腦上敲了一下。

一敲就變，天師變成了一頭牛。

三姐妹笑成一團，「哈哈哈哈！哈哈哈哈哈哈！」

豬小能也覺得有趣，就跟著一起笑。

但小姑娘們笑個沒完，笑得前仰後合，笑得倒在地上滾來滾去……

豬小能有點看不下去了。他指著「牛」對公主們說：「你們打算笑到什麼時候？快把他變回來吧！」

「牛」自己也想變回去了。他要用兩條後腿站起來，但怎麼也站不起來。

公主們笑得更厲害了。

白眼公主對小能說：「我們要讓他今天變牛，明天變馬，後天變羊……」

黃粉公主說：「六畜輪迴棒有六種變化呢！」

白眼公主說：「誰叫他以前——」

「哞——！」「牛」怒吼了，冷不防衝過來把白眼公主撞了個跟頭。

白眼公主趕忙爬起，讓黃粉公主扳住牛角，黑霧公主拉住牛尾，自己按住牛背，硬把這牛按得跪下去……

小能挺不忍心的，「別這樣！」

但牛瞪圓牛眼一使勁，三姐妹頂不住了，一個被拋向空中，一個摔倒在地，一個踉蹌後退。

白眼公主從空中落下，還沒著陸前，先吩咐靠近六畜輪迴棒的黑霧公主，「快拿羊頭棒！」

黑霧公主取了羊頭棒，很敏捷地又在牛腦袋後面敲了一下。

這樣牛又變成羊。原以為羊比牛小好對付，誰知這羊東頂西撞，公主們根本無法近身。

「變成羊還這麼不老實！」

「再拿雞頭棒！」

黃粉公主一棒下去，羊又變成了雞。

雖然是公雞，但力量畢竟有限多了，被白眼公主一把握住脖頸，輕輕鬆鬆地提了起來。

眾公主又開始大樂。

公雞裝進木籠裡。

「住手！」小能忍無可忍，「你們也太過分了！」

白眼公主便給小能一個白眼，「你怎麼老搗亂！」

黑霧公主乘輿建議說：「哼！讓他也挨一棒！」

小能被黑霧公主、黃粉公主兩邊扭住。

白眼公主又從六畜輪迴棒中抽出一根，對小能說：「你姓豬，就試試這豬頭棒吧！」

「我不要！」小能堅決不同意，「還等著

天師去解迷宮陣呢！」

可調皮的公主們很想看一看豬小能挨了豬頭棒後會變成什麼樣，也就不顧本人反對，打了再說。

豬小能變成了一頭小豬。

三位公主圍住了小豬，引逗他，戲弄他。

小豬惱怒極了，「蹭」地跳上桌子，稀里嘩啦，碰翻了屋裡的擺設。

「抓住他！」

可小豬一頭撞碎了窗櫺，衝到街上。

在街上，迎面遇見一個人，這人說：「不錯，老是有好運氣的人，總要倒一回楣，老是倒楣的人呢，總要碰上一回好運氣。」

他就是冒充過李逵的李鬼。

小豬剛要逃跑，被李鬼大步追上，一把揪住尾巴。

小豬跑不掉了。

李鬼要把小豬抓回家去。但又有人說話了：

「這是我的豬，快還給我。」

小豬抬頭一看，這人是婁阿鼠。

李鬼說：「笑話，你婁阿鼠家裡只有老鼠，幾時養過豬？」

婁阿鼠說：「在我家裡，隨時隨地都會增添新的財富，今天比昨天多了頭小豬，又有什麼奇怪？快鬆手，把豬給我！」

婁阿鼠抓住小豬的前腿，李鬼抓住小豬的後腿，你爭我奪，各不相讓。

這下豬小能可吃足苦頭啦！

這時孫悟空帶著小聖和楊家兄弟到了這兒。

「什麼事這麼熱鬧？」

悟空、小聖等擠進人群。

被李鬼、婁阿鼠拉扯著的小豬，見朋友們來到，十分激動，「但可恨我不能說話了！」

「爸爸，」小聖對悟空說，「這小豬的眼神真像豬小能呢！」

悟空說：「小能不知在哪兒，咱們去找閻羅王問問。」

小聖他們急著要去找小能，不想在這兒耽誤時間了。

小能見朋友們要走了，忍不住「嗚嗚」大叫起來。

小聖回頭看一眼小豬，對爸爸說：「小豬怪可憐的。」

悟空便向婁阿鼠和李鬼建議：「我說你們二位，這樣爭搶也不是辦法，還是

去請閻王爺評個理吧！」

眾人齊聲贊成。

一齊來到閻王大堂。

婁阿鼠和李鬼向閻王下跪，但仍都抓著小豬不放。

婁阿鼠說：「閻王爺，這豬千真萬確是我家的。」

李鬼說：「這豬在我家住了好幾輩子啦！」

黑霧公主急忙跑來告訴二位姐姐：「聽說有人在大堂上爭小豬，會不會就是豬小能？」

一聽這話，二位姐姐都緊張起來。

白眼公主說：「咱們去看看！」

公主們來到堂後，撩起帷帳悄悄窺望。

復形霧谷

只見婁阿鼠和李鬼還在喋喋不休地爭執著：

「這豬是我的！我發什麼誓都行！」

「這豬是我的！我賭什麼咒都不怕！」

閻王爺的頭被吵暈了。

「聽著，聽著，」閻王爺開始宣判：「豬歸兩家養，肉歸兩家吃。一家養一天，一家吃一半！」

聽了宣判，公主們嚇呆了。

白眼公主說：「怎麼能這樣？」

黑霧公主說：「咱們去跟大哥說！」

三位公主走到堂前。

「大哥，」白眼公主說，「這兩個搶豬的都是騙子！」

「不不，」李鬼來糾正，「都不是騙子！」

「不不不，」婁阿鼠再糾正，「一個是騙子，一個不是騙子。」

「不對，」李鬼說，「如果你不是騙子，我也就不是騙子了。」

黃粉公主打斷他們，「你們別辯論了，反正這豬是我們的朋友豬小能變的！」

「小能？」旁聽人群中驚喜地走出悟空、小聖等，「我們正找他呢！」

小聖對著小豬催促，「小能，快現出本相吧！」

可是小豬張著嘴說不出話。

白眼公主滿面羞慚，「是我們用六畜輪迴棒把他變成這樣的。」

黃粉公主說：「我們本來只是好玩，沒想到……」

黑霧公主懇求閻王爺，「大哥，你幫我們把他變回原樣吧！」

「唉！」閻王爺無能為力，「人一挨了六畜輪迴棒，就只好在六畜當中變來變去，再也變不成人啦！」

「那怎麼辦呢？」公主們為自己的任性大哭起來。

悟空想了想，「不要緊，我可以把小能帶到西海獨山，那兒有個復形霧谷。」

柳暗花明，轉愁為喜。

白眼公主提來雞籠，「那麼，把快活天師也帶走吧，這又是我們的錯。」

閻王笑道：「別人可以這兒錯、那兒錯，當閻王的可絕不能錯。不然，那要多死多少人，少活多少人。」

黑霧公主撇撇嘴，「大哥就沒錯過？快活天師那隻老虎的魂，聽說還關在葫蘆裡呢！」

「這不能怪我。」閻羅王一邊嘟噥，一邊叫來陰風大將，命他立即放回虎魂。

接下來，小聖抱著小豬，悟空提著雞籠，一夥人走出閻王大堂。

公主們又追出來。

白眼公主遞給小聖一面小鏡，「這是快活天師的歸正鏡，你們帶去，讓金鑼兒他們也照一照。」

「好的。」

小聖一夥又找到進來時的那個井口。這井口不算難找，因為井上的呼嚕二重奏很清晰地傳到井底。

大家一起上升到地面，又見到睡覺、站崗兩不誤的黑白將軍和白黑將軍。

小聖將歸正鏡交給楊家兄弟，讓他們先回去幫助金鑼兒他們；自己和爸爸一起，帶著小能和天師前往獨山復形霧谷。

獨山位於滔滔西海之中，山景奇絕，但從來少為人知，少為人遊。興起旅遊熱後，亦時有騎鶴的、駕鹿的、乘龍的、跨鳳的各路仙家前往觀光，在山上扔下一些仙水瓶兒、仙藥罐兒什麼的。

小聖跟著爸爸登上獨山，來到復形霧谷。

小聖問：「爸爸，怎麼谷中沒霧？」

悟空道：「這谷中有五條靈蛇，每當聽到石簫聲，這才吐霧。」

一邊說著，悟空四下張望尋找。

「爸爸，你找蛇嗎？」

「不，我找石簫。這石簫一向插在山頂，哪去了？」

這時身後有人發話：「獨山山神參見大聖。」

悟空、小聖回頭看，那山神便指著插在腰間的石簫說明道，「如今這石簫歸小神保管，大聖借用需付租金。」

悟空一愣，在懷裡亂掏了一遍，「咱們匆忙間沒帶銀兩，這便如何是好？」

山神把手一攤，「沒錢可不能借簫，這是規矩。」

「你——」

悟空要掣金箍棒，被小聖拉住。

小聖來跟山神商量，「山神大叔，咱沒錢，講個故事行嗎？」

「講故事？」山神想了想，「那要講個好聽的。」

小聖讓山神坐下，自己也坐下，撫摸著懷裡的小豬，把好心的小能幾次奔波、最後挨了六畜棒的事說了一遍。

山神聽得出了神。

那雞也從木籠裡探頭傾聽，掉下眼淚。

「這故事真動人！」

山神拔出腰裡的石簫遞給小聖，「吹響它吧！」

小聖吹響石簫。

五條靈蛇從谷中婆娑起舞，並噴吐靈霧。不一會兒，谷中雲霧瀰漫，已不見蛇。

小豬和公雞躍向霧谷。簫聲一直繼續到豬小能和快活天師攜手出現。

……快活天師與小聖、小能、悟空十次告別——因為他們老是有一些忘記叮囑對方的話。第十次是悟空叮囑天師：「回去把楊戩和他的狗從迷宮陣裡放出來，給他的教訓也夠了！」

登陸月亮島

不知怎麼的，今年夏天出奇得熱。

糟糕的是，所有的扇子都不管用了。孫小聖和豬小能做了試驗：搧一下扇子只能吹乾一滴汗，但這麼一運動卻要再出七滴汗，搧第二下再吹乾一滴汗，但運動產生的七滴汗加上前一次剩下的六滴汗，這就要增加到十三滴汗……結論是越搧扇子汗越多。

好處只有一個，省柴火。把要燒的食物搬到外面，蒸包子、煮餃子、烤花生、煎雞蛋，都可以直接利用太陽能。

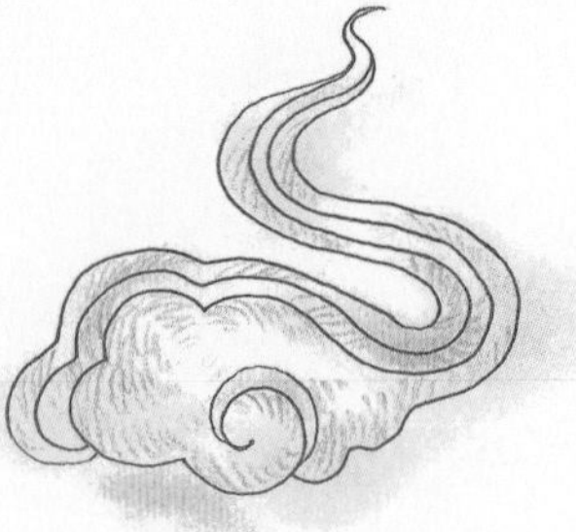

悟空和八戒商量一下，決定帶著孩子們去下界避暑。「你想，咱這兒離太陽近，下面離太陽遠，總要好得多。可以去東海裡泡一泡，涼快涼快。」

他們簡單收拾一下，駕雲出門。

在空中遇見同路的赤腳大仙。他平時不穿鞋，現在連衣服也穿不住了。小聖笑道：「該叫你『赤膊大仙』了。」

「等等我，一起走！」又遇見大肚子彌勒佛，胖子最怕熱。

他們從九重天開始下降——八重天、七重天、六重天……到了三重天又有四大金剛來結伴，他們是蛇金剛魔禮壽，傘金剛魔禮紅，劍金剛魔禮青，琵琶金剛魔禮海。

群仙來到東海上空。八戒要賣弄他水性好，隔老遠就開始脫衣服。把衣服留在雲彩上，搶先「嗖」的一聲往下跳。空中動作選的是一百零八式羅漢拳。打完整整一套拳，才不慌不忙向水中墜落——

「哇！」

只聽八戒痛叫一聲，便從海面彈了回來。

群仙關心地問：「怎麼啦？」

八戒苦著臉，「這，這水簡直能燙豬毛！」

海水都滾開了，這可熱得少見。

既來之，則安之，先歇歇再說。魔禮紅便把他的傘變得大大的，插到沙灘上。別的神仙趕緊朝傘下鑽。

彌勒佛終於喘過氣來，問大家，「你們知道今年為什麼特別熱？」

小聖說：「也許是因為現在煉丹爐太多了。」

「可不是，」小能說，「以前只有太上老君一家煉丹，如今聽說營養補品好賣，到處都來煉丹。什麼『七星丹』、『八寶丹』、『金剛強身丹』、『靈芝補腦丹』……真的假的分不清。」

「煉假丹的確實不少，」彌勒佛說，「可他們往往偷工減料，捨不得用柴費炭，爐子也就不像老君的那樣烤人了。今年特別熱，原因還在太陽上。你們也許知道，日出山後有金烏九兄弟，他們是九位太陽神。他們九位一起出來是不行的，我們會吃不消這麼多的光明和溫暖，所以金烏鴉們輪流出山，三個月換一次班，但你們不會知道他們是怎樣輪班的。」

八戒說：「老大排到老九，一圈一圈順著來吧！」

「不是的。這是九隻懶烏鴉，他們每次都靠打麻將碰運氣，誰輸了誰值班。這次老九剛剛下班回山，偏偏手氣不好，又輸了！可想而知金烏老九的火氣有多大。他掄起長鞭，把四條拉車的火龍抽得亂跑亂跳，一路掉火星。」

八戒將心比心地說：「要是我輸了麻將，也會火氣大的。」

魔禮紅說：「可是他火氣一大，我們就遭殃啦！」

魔禮青說：「現在不是仙丹很多嗎？找些『滅火丹』、『消氣丹』，送給金烏老九試試。」

魔禮壽不贊成，「他正在火頭上，等我們送到面前，早就全給烤焦啦！」

「還是自己救自己吧！」魔禮海調了調琵琶弦兒，「我來彈個《寒風曲》，請大家跟著我的旋律去想像，去體會……」

魔禮海彈起琵琶，大家聽著曲子，想到冬天的午夜，穿著短褲，站在喜馬拉雅山頂，風是怎樣的，雪是怎樣的，冰是怎樣的，雞皮疙瘩怎樣從身上一個個站起……這樣想著想著，果然覺得有了涼意。

但彈《寒風曲》終究不是辦法，魔禮海的手彈酸了。

赤腳大仙忽然靈機一動，「聽著《寒風曲》，想到廣寒宮……」

彌勒佛立刻贊同，「對，那兒一片藍白色，冷調子，『瓊樓玉宇，高處不勝寒』……」

八戒蹦起來，「那就快走，還等什麼！」

悟空打趣八戒說，「月中嫦娥仙子還是你的老相識呢！」

說走就走，群仙即時升空，直飛月宮。

飛到半路，看見二郎神楊戩在遛狗。

魔禮紅便招呼他：「楊戩，到廣寒宮避暑，你去不去？」

「我不去，我不用去。」楊戩誇耀地說，「靠我大兒子的冰眼，冷氣可以隨時開放。」

誰都知道三隻眼的楊戩有兩個四隻眼的兒子。大兒子楊不輸額頭上的一對冰眼，射出寒光，處處冰凍。小兒子楊不敗的一對火眼，噴出烈焰，燒你個焦頭爛額。

小能對楊戩說：「靠你的小兒子，冬天也好過了。」

楊戩得意非凡，「那當然！」

群仙不再耽擱，抓緊趕路。

不一會兒，大家感到有些涼氣撲人，抬頭看，一個香蕉形小島飄浮在碧空雲海。一棵粗壯茂密的大樹遮蔽了整個小島，玲瓏精緻的「瓊樓玉宇」

掩映其間。

大家正在欣賞、議論，忽聽一聲大喝：「停止前進！月宮寶地不容侵犯！」

細看時，發出警告的是一位兔頭人身的女孩。原來是月中玉兔，嫦娥仙子的侍女。

月宮如此狹小，嫦娥立刻被驚動，隨即翩翩走出。一邊走，一邊注意不讓飄帶纏到樹枝上。

群仙中除了豬八戒，都是第一次見到有名的嫦娥仙子，當下全被嫦娥的自然美所征服。

八戒向嫦娥說明來意，並一一介紹了同行的各位，介紹得最仔細的是他的兒子豬小能。

嫦娥聽了有些為難，說：「我是歡迎有客

人，可這裡小得只能支起兩座帳篷。」

玉兔幫著勸說客人，「今天正好是初一，月亮最小的時候。等十五月圓你們再來吧！」

不能登陸的大仙小仙們，你看看我，我看看你。

倒是悟空會動腦筋，他很感興趣地打量著那棵大樹。

「這樹不錯。讓孩子們住帳篷，大人可以暫時住樹上。月亮會一天天圓起來，空間會一天天多出來。」

四大金剛齊聲贊成：「好主意！」

但小聖和小能不同意。

小能說：「孩子也可以住樹上，樹上好玩！」

小聖指著彌勒佛和八戒叔叔，「讓不能爬樹的大胖子住帳篷。」

他們一邊合計著，一邊挨挨擠擠地登上月亮島。

嫦娥命玉兔搭起兩座帳篷，讓八戒和彌勒佛住進去，剩下幾位就開始爬樹。

小聖第一，小能第二，他們兩個搶先攀上高高的樹梢。

魔禮壽用他的蛇，把自己掛在樹枝上悠來蕩去，一邊蕩，一邊高興地喊：「瞧我的蛇秋千！」

赤腳大仙呢，已經在大樹上找到一個舒服的座位，這時提議說：「讓小聖、小能唱歌，魔禮海彈琵琶，嫦娥仙子跳舞，好不好？」

大家趕緊鼓掌。

於是樹上樹下大聯歡。魔禮海琵琶伴奏，嫦娥長袖伴舞，小聖、小能唱起向雷神學來的《春雷解凍歌》：

哈！哈！哈！
春雷當頭冰河化。
嘁里哢嚓，稀里嘩啦，
稀里嘩啦，嘁里哢嚓！

快樂的夏令營。

送進來，扔出去

楊戩遛完狗，汗淋淋跨進家門。

「好熱啊！」他吩咐大兒子，「不輸，快放冷氣！」

楊不輸便睜開額上的冰眼，兩道寒光在屋內四處掃射一遍……

這二郎神坐到椅子上，逍遙自在地翹起他發明的二郎腿，嘴裡哼著：「哦，好舒服！好涼快！」

但這時楊戩見小兒子楊不敗也進了屋子，趕緊提醒，「小心，你們的冰眼和火眼不能對到一起，不然就會失靈的。」

「叩！叩！」有人來敲後門。

小哥倆要去開門，被楊戩攔住，「記住，前門敲響，你們去開，後門由我親自把守。各開各的門，別弄錯了。」

「這麼說，」楊不敗問，「後門是不是很難開？」

「不是難開，是難看……」楊戩發覺失言，連忙打住，「沒聽人家說嗎？『後門後門，不能多問』。」

楊戩出後門看，見一輛馬車停在那裡，滿滿一車貨，遮蓋得嚴嚴密密。一個圓滾滾的漢子向楊戩行禮問好。

楊戩看看那漢子，說：「我不認識你。」

那漢子說：「您再仔細看看。」

楊戩仔細看了，「還是不認識。」

「難怪您認不出，」漢子說，「我來求您幫忙時，瘦得跟麻杆兒似的。多謝您幫我弄到這麼個肥缺，在瑤池廚房當大師傅。您瞧，才混了一個月，就肥成這樣。不忘您的照顧，這些龍肝鳳腦，山珍海味，一點小意思。」

楊戩笑道：「你倒挺懂規矩的。」

大師傅便掀開車上遮布，一大筐、一大筐地搬進楊家後門……

這情景卻都被楊不敗悄悄看在眼裡。

大師傅走後，關上後門，楊戩把楊不輸叫到食品儲藏室，「這些魚啊肉的，天熱容易臭掉，你把它們冰一冰。」

楊不敗插嘴說：「這些東西本來就是臭的。」

「別胡說，臭的他怎麼敢——」楊戩又說溜嘴了，趕緊轉舵，「不輸，別發愣，快冰呀！」

楊不輸答應一聲，眼射寒光……不一會兒，儲藏室裡都結成冰塊了。

楊戩敲敲鳳腦，「咚咚！」

拍拍龍肝，「梆梆！」

他滿意地走開了。

楊不敗趕忙向哥哥透露實情，「……這些東西來路不正，應該讓它們臭掉！」

楊不輸想了想，「好吧，瞧你的啦！」

楊不敗立即睜開火眼，噴出烈焰，一下子又烤化了冰凍。

痛快是痛快，但不輸擔心：「爸爸問起，該怎麼說？」

不敗說：「有辦法。」

不敗和不輸面對面，冰眼對著火眼，火眼對著冰眼。不輸的兩道光和不敗的兩道光撞到一起，「啪啪」的直冒火星。

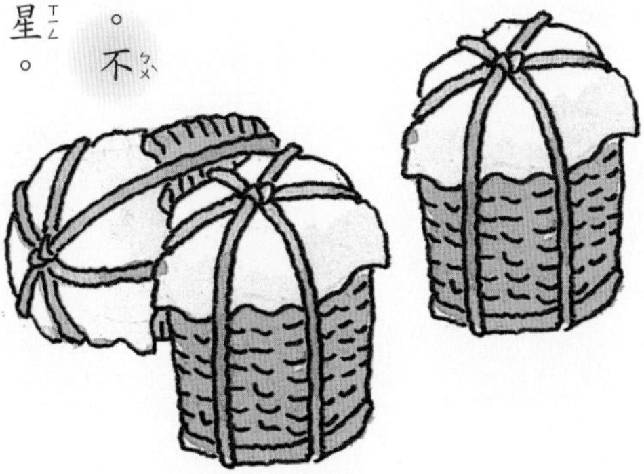

這時，椅上的楊戩覺得不對勁了。

「冷氣怎麼沒啦？」

兩個兒子走過來，各自捂著前額。

不敗說：「不小心讓冰眼凍壞了火眼。」

不輸說：「被火眼燒壞了冰眼。」

楊戩聽了跺腳道：「糟糕，要過三個月才能恢復呢！」

忽然楊戩吸著鼻子，「嗯？哪來的臭氣？」

「準是您的山珍海味。」不敗說。

楊戩蹦了起來！

從儲藏室傳來的臭味，轉眼間已經不能忍受了。沒有別的辦法，從哪個門進來，只好再從哪個門出去。唉，沒口福不說，還要花冤枉力氣往外扔！

這麼熱的天，可憐楊戩要做苦力。一大筐、一大筐的臭魚臭肉，進門時只嫌少，出門時卻嫌多……忙得汗如噴泉，總算完事。倒下來剛要歇一會兒——

「咚！」

後門又被敲響。

楊戩沒好氣地嚷道：「別送來了，快滾蛋！」

可是外面的人毫不理會，「咚」的又是一下，比剛才更重。

楊戩還沒來得及再罵，更厲害的第三個「咚」竟然把後門撞倒了。

楊戩火冒三丈地衝出去一看，剛才往下扔掉的臭魚臭肉，一筐一筐地又被扔上來，幾乎把後門堵死了。

還傳來下面住戶的大聲抱怨：「怎麼把臭東西扔到別人門口，太缺德了！」

原來，九重天界，層層有居民。楊戩住在七重天，他亂扔垃圾，六重天就遭殃了。

楊戩可不管缺德不缺德，把人家扔上來的一筐筐臭肉重新扔下去。下面也不甘示弱，一筐筐又扔上來。

楊戩想：「我居高臨下，你能拚得過我？」

於是再扔下去，再扔上來。再扔下去……

一共拚了七七四十九個來回，楊戩扔不動了。

最後一筐臭肉「物歸原主」後，底下那位勝利者上來受降

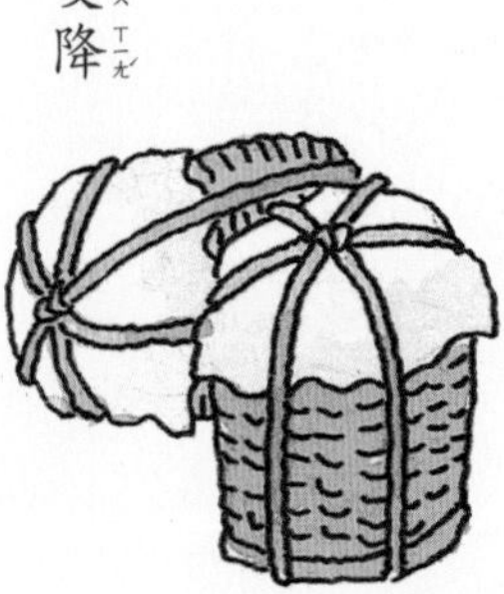

了。他是巨靈神，天宮頭號大力士，要比臂力，楊戩哪是對手。

巨靈神指著這一大堆垃圾問楊戩：「你打算怎麼辦？」

楊戩無可奈何地說：「我服輸了，不會往你門口扔了。我要把臭肉從後門搬到前門往下扔。那底下住的是黎山老母，她沒什麼力氣，不會扔上來。」

「但我會幫她扔上來。」巨靈神說，「鄰居們見我力氣大，選我當環境保護神，這事歸我管。」

「那，那，」楊戩哭喪著臉，「只能讓垃圾在我門口發臭了？」

「倒也不會，我這保護神也保護你的。」巨靈神給楊戩出主意，「你可以把臭肉運到蟠桃園做肥料，以後桃子熟了多分你幾個。」

只好如此了。可恨蟠桃園並不近，照巨靈神說的，楊戩把臭肉運到蟠桃園，還要在一棵棵桃樹下挖坑掩埋……

這回楊戩真是累壞了，熱壞了。

借劍砍樹

在外面淌了一身臭汗，回到沒有冷氣的家裡，根本像蒸籠沒兩樣。

楊戩後悔地想到，當初沒跟眾仙去廣寒宮避暑……

想著想著，楊戩的歪點子又冒出來了，「對，廣寒宮涼就涼在那棵樹，去把那棵樹弄來！」

歇了一會兒，便駕雲前往廣寒宮。

路上又想，「其實，只要一根小樹枝就夠我涼快了。那麼大一棵樹，應該充分利用，拿它做做生意……」

打了這樣的算盤，楊戩就不急著奔月，先去附近的金星府走走。

太白金星滿頭大汗，手中提著筆，面前的白紙上卻未著一字。他急得直敲自己的腦袋，「熱昏了吧，怎麼只出汗不出詩？」

忽聽窗外唱道：「一根廣寒枝，千首太白詩！」

金星聽了精神一振，只見二郎神楊戩走了進來。

楊戩問金星：「太白先生，你說你熱昏了，真有這麼嚴重？我考考你行嗎？」

金星說：「行。」

楊戩便出題，「一加二等於幾？」

金星回答：「等於八。」

「桃子長在樹上還是水裡？」

「桃子嗎……應該在葡萄藤上掛著。」

楊戩暗喜，「這老頭兒平時很精明，不容易騙他，現在昏成這樣就好辦了。」為了保險，「請回答最後一個問題：你哥哥的丈母娘你應該叫她表姐，這話對嗎？」

金星肯定地一揮手，「不對！」

「嗯？」

「我應該叫她外婆。」

楊戩這才放下心來，於是大膽吹牛：「我家有個

廣寒宮，宮裡有棵廣寒樹……」要是平時，金星肯定會插嘴：「廣寒宮怎麼是你家的？」可現在他腦子熱昏了，別人說什麼就信什麼了。

楊戩真真假假地大吹一通廣寒樹的降溫妙用，說得金星動了心。

金星說：「只要真能清涼安神，使我寫出詩來，我願買一枝。」

楊戩趕緊提出：「要預付訂金！」

從金星家裡騙到了錢，楊戩又去找仙匠魯班。

魯班熱得鉋子都推不動了。

楊戩走進來，又是念念有詞：「廣寒枝一根，魯班樓十層。」

魯班聽了楊戩的吹噓，隨即按規矩奉上訂金，說：「只要能陰涼一些，使工程順利，我就買一枝吧！」

路過的神仙見魯班如此，生怕錯過好機會，爭著來向楊戩交錢。

「我也訂一枝！」

「我也買一枝！」

楊戩收足了訂金，便向魯班借了柄斧頭，趕往月宮砍樹去。

＊＊＊＊＊＊＊＊＊＊

小聖和小能，坐在高高的樹梢上，遠遠看見了二郎神。

「瞧，楊戩來了。」

「他來準沒好事！」

楊戩上了月亮島。

他朝樹上一看，笑道：「稀奇，我只見過長果子的樹，沒見過長神仙的樹！」

劍金剛魔禮青說：「沒辦法，下面太擠，只好朝空中發展了。」

楊戩花言巧語，「都是這樹占地方，把樹砍了就會寬敞得多。」

樹上的神仙們想想，「有道理！」

嫦娥在睡午覺，被「咚咚」聲吵醒。

嫦娥問：「什麼聲音？」

玉兔稟報：「有人在砍樹啦！」

嫦娥冷笑一聲，不慌不忙地說：「咱們去看看。」

主僕倆來到樹下，只見楊戩正在掄著斧頭砍樹。奇怪的是，剛砍出個缺口，馬上又長好了。

楊戩急得直罵：「見鬼了！」

嫦娥嘲諷地說：「只要你有本事砍倒它，這樹就歸你了。」

楊戩的肚子裡裝滿鬼主意，他想到：「聽說魔禮青的寶劍神力非凡，可以想法兒借來用用……」

他便對魔禮青道：「聽說你的寶劍能削鐵，能劈石，就是不能砍木頭，是真的嗎？」

「什麼？」魔禮青立刻被激怒，「砍給你看！」

魔禮青「嗖」地拔出劍來，只見寒光一閃……

嫦娥驚叫：「哎呀，我的樹！」

來不及了，只這一劍，大樹已被攔腰斬斷。

大樹朝島外倒了下去。

可是樹上還有人。悟空反應靈敏，趕忙招呼小聖等，

「快跳開！」

「哈，」這下楊戩稱心如意，「這樹歸我啦！」

他一邊歡呼，一邊急急下降，追趕大樹。

「不好，」八戒突然發現，「小能還在樹上！」

小聖說：「咱們去找他！」

這時魔禮青站到樹樁上，伸開胳膊笑道：「砍了樹，真的寬敞多了。」

「可是廣寒宮不能再叫廣寒宮了。」嫦娥一邊舉袖遮擋刺目的陽光，一邊抱怨道。

在烈日暴曬下，大家躲沒處躲，藏沒處藏。

魔禮青嘟噥說：「真的熱起來了。」

魔禮海說：「兄弟，你上了楊戩的當啦！」

＊ ＊ ＊

且說那棵被砍斷的大樹掉到海裡，「轟」的一聲，濺起大浪。

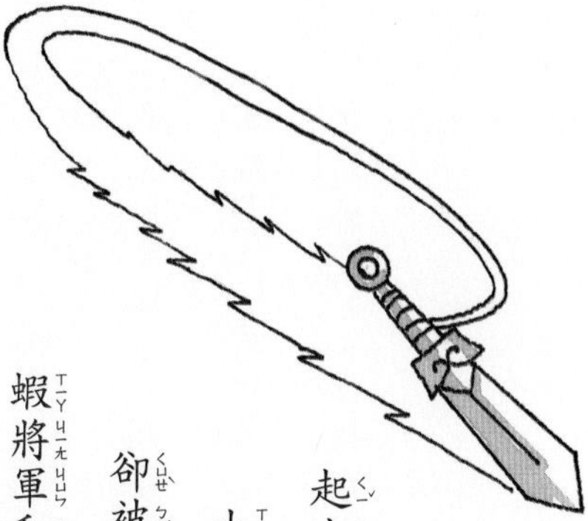

小能從樹上被甩了出去。

卻被蝦將軍和蟹元帥一把托住。

蝦將軍和蟹元帥把小能送回到飄浮在海中的大樹上。

小能說：「謝謝你們。」

蝦將軍卻說：「應該我們謝謝你！」

小能問：「為什麼？」

蟹元帥說：「你瞧瞧我們的背。」蟹元帥和蝦將軍轉過身去，讓小能看他們通紅的背。「本來我們已經被燙紅、燙熟、燙昏過去了！」

蝦將軍說：「多虧你帶來這棵樹，把海水泡涼了，我們又活過來啦！」

他們正說著，楊戩從空中降落下來。

楊戩急忙聲明：「應該謝謝我，樹是我的！——不過，光謝謝還不行，我救了你們的命，要交救命錢。」

「別聽楊戩胡說，」小能叫道，「這樹是廣寒宮裡的，

他憑什麼要錢！」

楊戩強辭奪理，「誰砍下來的，就歸誰。」

小能說：「那也是魔禮青砍的呀！」

「那——」楊戩耍無賴了，「誰搶到手，就歸誰！」

先下手為強。楊戩托起大樹，就要騰雲飛走。

小能連忙拽住樹枝！一邊招呼蝦將軍、蟹元帥，「快來幫忙！」

蝦將軍抱住小能的腰。

蟹元帥拉住蝦將軍的腿。

三人一齊用力。

但還不是楊戩的對手。

又叫來十萬蝦兵蟹將，一個拽一個，連成一大串……

還是不管用，楊戩力氣太大。

這時空中一片喧嚷，小聖、悟空、八戒以及四大金剛趕到了。

小聖高喊：「楊戩，還想較勁嗎？」

楊戩看看這陣勢，提議說：「要拔河得兩邊人數一樣多，誰願意幫我這邊？」

可是沒人肯幫楊戩。

魔禮青氣衝衝的揮動寶劍撲過來，「楊戩，你騙我犯下傻事，我饒不了你！」

楊戩慌忙舉起大樹，招架魔禮青的劍……

回春甘露

只聽「哢嚓」一聲！

魔禮青的寶劍太鋒利了，這一劍又將大樹削成兩截。

魔禮青吃一驚，「哎呀，我是不是又做了傻事？」

楊戩指著漂在海面的斷樹對大家說：「反正樹已砍成三截，沒法再活了，讓我帶回去燒火算啦！」

「憑什麼給你？」這可難不倒見多識廣的彌勒佛，「只要向觀世音菩薩要點回春甘露，劈成千萬段的樹也能復活。」

小聖立刻自告奮勇，「我和小能去要甘露。」

小哥倆駕起雲頭，直投南海落伽山而去。

那楊戩好生無趣，「那，我在這兒也沒意思啦！」

他朝大家解嘲地揮揮手，「再見吧！」

只聽空中一聲大吼，「好小子，總算找到你啦！」

原來是魯班、金星以及其他付過訂金的神仙們駕雲到來。

金星催著楊戩，「什麼『一根廣寒枝，千首太白詩』，你收了錢，快給貨！」

「別急，別急……」楊戩問金星，「現在你的頭還昏嗎？」

金星說：「還昏的。」

「那就好辦，好辦……」楊戩想再編個謊話蒙混過去，可現在他的腦袋也昏得厲害，竟無法正常發揮了。

彌勒佛勸楊戩：「你只能乖乖退款，別耍花招啦！」

楊戩只好把手伸進懷裡，那兒有個口袋，裝著他騙來的錢。

楊戩一點一點地掏，瞧著很急人。

大家問：「你掏錢怎麼這樣不爽快？」

「沒辦法，」楊戩解釋說，「我這口袋有個特性：吃進去的時候快，吐出來的時候慢……」

* * *

再說小聖和小能來到落伽山，進入紫竹林，拜見蓮花座上的救苦救難觀世音菩薩。

那觀世音聽小哥倆說明來意，頓時面有難色，說：「我這甘露本來就不多，加上近日酷熱，紫竹林被曬得焦黃，每天需用甘露滋潤一下。五莊

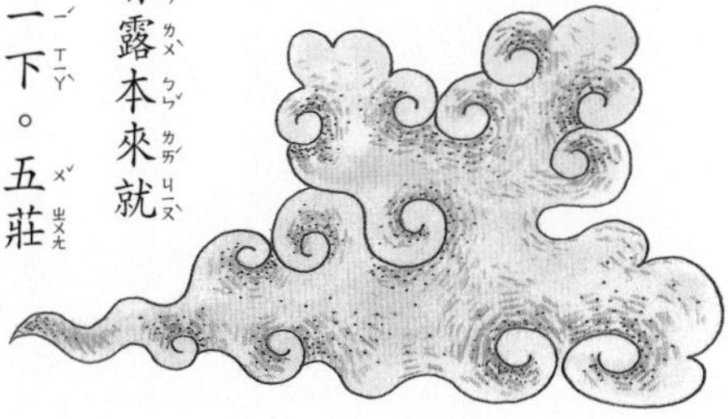

觀鎮元子的人參果樹熱得不結果了，想討點甘露救一救，我都沒給。」

小能著急地看看小聖，不知怎麼辦才好。

小聖抓抓腦袋，想了想，笑道：「菩薩，我對您說，您肯把甘露讓給我們一點，實在功德更大。您想，要是救不活廣寒樹，到了晚上，涼月光就會變成熱月光。這樣，白天大太陽，晚上小太陽，不但大家受罪，您的紫竹林也不能倖免。反過來說，救了月亮，救了大家，您的紫竹林也沾光。」

觀世音被逗樂了，「這小猴子真會說話。我就答應你們吧，誰教我的專業便是救苦救難呢？」

只見觀世音找出一個金桔大小的缽盂，將手裡淨瓶中的回春甘露倒了半盂。

小能便叫：「別小氣，多倒點！」

觀世音拍了小能一下，「你當是倒醬油嗎？這甘露包孕生機，神妙無比，只須一二滴，便可接合斷樹，返枯為榮。」

小聖和小能謝過菩薩，帶著回春甘露返回廣寒宮。

半路上，小能遠遠望見楊氏兄弟，忍不住大聲呼喚。

楊不輸和楊不敗說：「我們早就看見你們了。」

小能一想，「對的，因為你們的眼睛比我們多。——你們上哪去？」

楊不輸說：「正要去找你們呢！我爸爸已去玉

帝那兒奏請聖旨，一定要拿到廣寒樹，做套家具出出氣。」

楊不敗說：「你們得早做準備。」

小能催著小聖，「我們快去向玉帝說明實情。」

「不，」小聖說，「我已經有主意了。」

他倆雲頭迅速，不一會兒趕回廣寒宮。

眾神仙已在搬動斷樹，要把樹枝、枝幹和樹樁這三截拼接到一起。他們當中，犯了錯誤的魔禮青最賣力，而嫦娥和玉兔也一起參加。

終於把大樹按原樣豎立起來。小聖便拔下自己金冠上的一枝小翎毛，在缽盂裡輕蘸一下，然後灑兩滴甘露在兩條斷縫上……

一眨眼工夫，斷縫彌合了。儘管留下了疤痕，但大樹重獲新生，月宮清涼如初，大家十分高興。

正要準備幾個節目歡慶一番，忽聽島外傳來大聲吆喝：

「聖旨到——！」

楊戩又來了。走的時候灰溜溜，現在已是神氣十足。這次他還帶來了大個子巨靈神。

楊戩就開始宣讀聖旨：

月亮不夠亮，
有樹來遮擋。
連根拔掉樹，
月亮亮光光。

楊戩讀得還算順溜。如果這聖旨不是他自己寫的，就不會這樣順溜，因為他是玉帝的外甥，玉帝總是願意拿空白聖旨讓他自己寫。

聖旨讀完，大力士巨靈神就要來動手拔樹。他向好朋友孫小聖和豬小能打招呼，「沒辦法，我是照聖旨行事。」

小能說：「你不是環境保護神嗎？不能只保護家門口那一小塊呀！」

大個子難為情死了，他想把自己變得很小很小，小得別人看不見，但他偏偏沒有這種本事，而且偏偏個子又這樣大。

小聖卻說：「小能，別為難巨靈神了。——巨靈神，你也別不好意思，儘管拔好了。」

巨靈神拔大樹像拔根蔥，但大家的目光一道又一道疊在他身上，他覺得很

重，壓得抬不起頭，直不起腰。

巨靈神扛起大樹就趕緊走掉了。

楊戩得意地對大家說：「瞧，還不是得乖乖的給我？」

「哼，」小聖不慌也不忙，「還要你乖乖的送回來！」

楊戩走後，小聖立刻拉著小能在後悄悄跟蹤。

沒走多遠，只見楊戩對巨靈神說：「這樹由我處理，你回去吧！」

楊戩從巨靈神肩

上接過大樹，就唱著小調去找仙匠魯班。

顧客到，魯班笑。可當魯班看清顧客是二郎神，他毫不留情地把笑收起。

楊戩扔下大樹，吩咐魯班：「我要做一套獨一無二的清涼家具。」

魯班表示懷疑：「這木料是你的嗎？」

隨後跟來的孫小聖立刻幫楊戩說話，「我們證明，這樹歸他了。」

豬小能卻不知小聖又有什麼機關。

楊戩快活極了，臨走拍拍魯班，「幹我這活兒，你會越幹越清涼！」

二郎神走後，小聖悄悄對魯班說：「給您這個，等家具全做好時……」

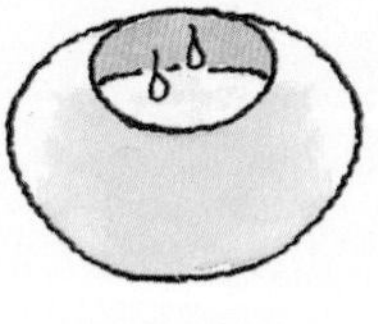

魯班笑著答應了。

回家的路上，小能問小聖：「你剛才給魯班什麼？」

小聖賣關子，「先不說，到時候你就知道了。」

沒多久，家具做好了，魯班拿出小聖留下的觀音缽，灑了幾滴甘露在家具上。

楊戩把家具搬回家裡，先坐到椅子上試試，果然清涼消暑，舒適無比。

楊戩剛要翹起他發明的二郎腿，發現有些不對勁，四條椅子腿在「吱吱嘎嘎」往上長高。

家具都垮了，桌子也在長高，床也在長，茶几也在長……

楊不輸、楊不敗覺得挺好笑的。

椅子還在長，楊戩快碰到天花板了。

楊戩害怕了，「這樣長下去，會把我的屋頂都頂破的！」

這時小聖和小能出現在門口。

小聖告訴楊戩不讓屋子頂破的辦法，「快把你這些『清涼家具』都折了，連同魯班那兒的木屑、刨花什麼的，全部送回廣寒宮……」

零零碎碎的一大堆又運回月亮島。小聖向魯班要來圖紙，當時怎麼從樹上鋸開的，還得照著圖一塊一塊拼起來。

因為很費事，所以也很有趣味，大家拼了大半天，總算把家具又還原成樹。小聖便把最後幾滴回春甘露灑到樹身上。

創傷累累的廣寒樹再次復活。但那些家具的疤痕使這棵樹看起來總有些特別。以後，來月宮旅遊、避暑的四方仙佛，總喜歡在樹下指點指點，辨認著疤痕，「這是桌腿，這是抽屜……」

妖怪不是好惹的

孫小聖老纏著悟空講當年西天取經的故事。

「真拿你沒辦法。」悟空問，「上次講到哪兒啦？」

「嗯……講到在平頂山降伏金角大王和銀角大王。」

正說著，豬八戒和豬小能來了。

「猴哥，」八戒道，「飛毛腿來通知，說玉帝要召見各家神仙。」

「又出了什麼麻煩事了？」悟空說，「去看看再說吧！」

「我們也去！」小聖和小能從不放過瞧熱鬧的機會。

父子四人挑了塊寬一點、厚一點的雲彩，一起前往凌霄殿。

原來太上老君正替玉帝試製一種新的安眠藥，可以不用閉眼即入夢鄉。你想，上朝時，別人恭恭敬敬、沒完沒了地彙報著，當玉帝的卻眼皮兒一合，打起盹來，多不好意思。現在有了「睜眼安眠藥」，既尊重別人，又不委屈自己，多好。但老君在親自試用此藥時，被兩個童兒瞧出了破綻，結果真是睜著眼讓他們偷走了寶貝，下凡當妖怪去了。

玉帝向來都管這種事的，所以現在也就不能不管。

「哪家神仙願下凡捉拿二妖？」

悟空一聽，精神來了，「俺老孫幾百年沒捉過妖怪了，就讓俺再去捉兩個玩玩。」

「不須大聖出馬，」二郎神楊戩出班請求，「讓我和李天王走一趟吧！」

玉帝准奏，「就命你二人領兵降妖。」

「遵旨。」

楊戩和李天王點起天兵天將，浩浩蕩蕩出了南天門。

「爸爸！」

「等一等！」

楊戩的兩個兒子趕來了。

楊不輸和楊不敗各自帶了兵器，「我們也要去捉妖怪！」

李天王說：「大人的事，小孩子湊什麼熱鬧。」

楊不輸說：「妖怪是什麼樣的，讓我們也見識見識。」

楊不敗說：「妖怪是不是長得很難看？」

「那不一定，」楊不輸說，「鐵拐李大叔最難看了，他就不是妖怪。」

「這事不容易說清楚。」楊戩開導兒子們，「怎樣區分妖怪，有個簡便的法子。玉帝不是賜給李天王『除妖大師』的稱號？瞧著，他去打誰，誰自然就是妖怪。」

「是這樣？」

「別再耽誤我們的大事了。等把妖怪捉回來，讓你們看個夠。」

楊不輸和楊不敗只好呆呆地望著無數旗幟和兵器消失在雲天。

這時孫小聖和豬小能帶著自己的兵器趕來了。

小聖問：「楊不輸、楊不敗，你們在這兒幹嘛？」

小能問：「是在這兒等我們的吧？」

楊不敗說：「這麼說來，你們也想去捉妖怪。可是爸爸不讓我們去。」

小聖說：「你爸爸是不讓你們跟他去，可是沒有不讓你們自己去呀！」

楊家兄弟一想：對呀，小聖真聰明，「我們可以自己去！」

於是四人結伴同行。

小聖說：「聽我爸爸說過，老君的兩個童兒過去在平頂山蓮花洞做過妖怪。」

大家同意先去那兒找找。

因為大多數山都是尖頂或者圓頂，所以平頂山很容易就找到了。

但楊不輸、楊不敗東張西望，覺得奇怪，「我爸爸和天兵天將哪去了？」

小聖說：「也許天兵天將埋伏在那裡了，你們倆去找找。」

楊家兄弟走後，小聖和小能找到了蓮花洞。但洞門緊閉，小能就自告奮勇去叫門：

「妖怪妖怪，快快出來。有酒有菜，優待優待！」

這一叫，驚動了洞裡的金角大王和銀角大王。

金角說：「兄弟，不吃白不吃，出去看看。」

一開門，迎面看見小能的石杵，金角吃一驚，「喲，大棒棒糖！」

銀角說：「只怕會傷牙。」

小能的石杵當頭打開，銀角急使大刀架住。那一邊，乒乒乓乓，小聖的一對石筍和金角的一雙金錘撞出了火星。

金角說：「原以為當妖怪要比當道童輕鬆些、快活些。」

銀角說：「也許人家忌妒咱們輕鬆快活，故意來找麻煩。」

二妖怪漸漸招架不住了。

銀角忙叫「暫停」，從腰間解下他的紫金紅葫蘆。

「喂，小豬八戒！」銀角朝他的對手高叫一聲。

小能告訴銀角：「我不叫小豬八戒，我叫豬小能。」

「好吧，」銀角重新叫，「豬小能！」

「嗨！」

小能剛答應一聲，就被裝進葫蘆裡去了。

金角也掏出羊脂玉淨瓶，問小聖：「那麼，你叫什麼？」

小聖暗想：只要名字不是真的，就不會被裝進去。便信口亂說，「我叫……孫葫蘆，不，我叫孫瓶兒。」

金角托著瓶兒大叫：「孫瓶兒！」

沒想到這寶貝是誰答應就裝誰。小聖剛應一聲，已被裝進瓶內。

「糟了，」小聖想，「聽爸爸說，被裝在這裡面，三時三刻便會化作膿血！」

小能在那邊嚷著：「也不開個窗戶，痱子都長出來了！」

金角笑道：「只不過讓你們知道，妖怪不是好惹的。妖怪也要過日子，以後還敢來搗亂嗎？」

警告過了就放人。小聖和小能只覺得頭低腳高，「嗤溜」，「嗤溜」，已經滑到了地上。

「回去給你們的爸爸講個故事，」銀角說，「過去他們告訴你們，他們怎樣贏了我們，現在換我們告訴他們，我們怎樣贏了你們。」

兩個妖怪關上了大門。

逢頭就斬，有毛必拔

小聖和小能坐在蓮花洞外的石頭上。

小能問小聖：「真的就這樣回去給爸爸講故事嗎？」

小聖說：「再想想辦法，得先把他們的寶貝弄到手……」

洞裡，銀角大王正對金角大王發牢騷。

銀角說：「大哥，咱們當大王的還得自己開門、關門，太沒勁啦！」

金角說：「是啊，挑水、掃地、做飯、沏茶……做什麼都要猜拳，不是我做就是你做，我們這兒太缺人手。」

「打一桌麻將還差兩隻角呢！」

「對，得找一些小妖怪來幹活。」

他們商量好了，就找來紙筆，寫了一張《招妖啟事》。

孫小聖和豬小能遠遠看見兩個妖怪在洞門上貼著什麼，等妖怪進洞，就近前去看。

招妖啓事

本洞招收小妖若干名，要求如下：

男性，體健貌醜（貌美就不像妖怪了）。

最高學歷小學以下（因為大王也沒上過中學）。

最重要的，不會偷東西。

金角大王、銀角大王

小聖說：「這是個好機會，我們正好扮成小妖，混進洞去。」

二人變化了一番，又去敲門。

「咚咚咚！我們是來報考妖怪的！」

妖怪好高興，在裡面問：「來了幾個？」

「兩個。」

「好，可以玩麻將了。」

妖怪放小聖、小能進去考試，先問姓名。

小聖說：「我是猴精毛頭毛臉。」

小能說：「我是豬精長嘴長牙。」

金角大王上上下下地打量兩個小妖。

小能被瞧得心裡發毛，他問：「是不是我們

還不夠醜？」

金角說：「能再醜一點當然更好，但我是看你們夠不夠結實，有沒有勁兒。」小能彎起胳膊，讓妖怪看他剛練出來的一點肌肉，「這是兩頭肌，這是三頭肌。我們力氣很大的，一考就知道。」

「好，考一考。」金角指著兩個大筐，「我打個盹兒，你們得用桃子和筍子把筐裝滿。」

筐太大了，一個筐就能裝進兩個豬小能。

金角說聲「開始」，便靠在虎皮椅上打起瞌睡來。

小聖問銀角：「您不睡會兒嗎？」

銀角摟著葫蘆和淨瓶朝裡走，「我睡了，就沒人看守寶貝啦！」

小能有些發愁，「要是金角醒了，咱們還沒做完，怎麼辦？」

小聖說：「那就讓他多睡會兒。」

於是小聖照爸爸的法子，嚼碎毫毛變了幾個瞌睡蟲兒……即使洞裡起火，金角也休想醒過來了。

小聖去找野桃樹，上樹摘桃，小能用長嘴拱土挖筍。開始還覺新鮮，一會兒都累了。

「能不能想個偷懶的法子？對了，」小聖給小能出主意，「咱們又不是不會變！」

轉眼間，小聖用毫毛變了一大筐桃子，小能用鬃毛變了一大筐筍子。

「好極了，多省事！」小聖挺高興的。

「好什麼，」小能又發愁了，「筐子這麼輕，妖怪一掂分量就不對。」

「那，筐底墊上幾塊石頭。」

「可他們要是抽查一下呢？」

最保險的法子就是老老實實用真的桃子和筍子裝滿兩個筐。

「唉，為了捉妖怪。」

「吃苦要忍耐。」

好不容易裝滿兩大筐，抬回妖怪洞。小聖收了瞌睡蟲，妖怪一看真高興，

「好，初試通過！」

* * *

再說尋找天兵天將的楊不輸和楊不敗。他們越找越奇怪，「爸爸他們會不會

迷路啦？」

他倆駕著雲兒胡亂轉游，一直到自己也差不多要迷路的時候，看見下面隱約現出城池市井。

「是個國家，」楊不輸說，「下去看看吧！」

楊不敗說：「好。」

剛降到地面，聽見鑼聲震耳。

一個差人敲鑼大喊：「大家聽著，三天內一定要交齊保護費，不得違誤！」

楊不輸問差人，「什麼『保護費』？」

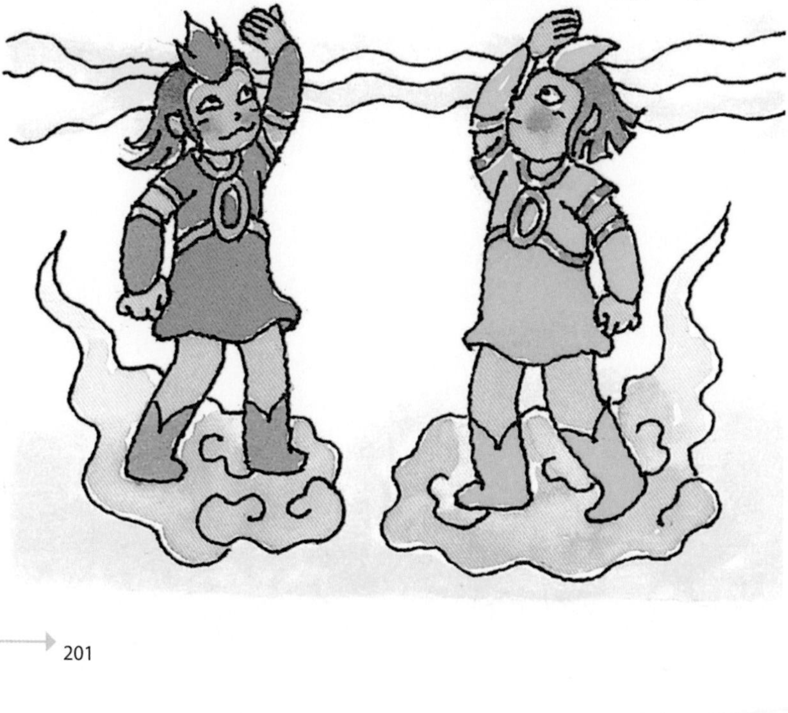

差人說：「二郎神來過，說附近出了妖怪，只要大家交錢，他就來保護。」

楊不敗問：「二郎神哪去啦？」

「他說三天後來收錢，說完就駕雲往西去了。」

楊家兄弟趕緊升空向西，不一會兒來到金雁國地面。

楊不敗叫：「哥哥，那邊又有人在敲鑼！」

又是個差人一路喊著：「三天交齊太平金，自有二郎神保太平！」

百姓們紛紛歎氣，「唉，又來拔毛，金雁國快變成禿雁國了。」

「可是，」楊不敗說，「妖怪洞離這兒好遠好遠呢！」

「哼，」楊不輸說，「連嚇帶騙，爸爸就喜歡撈這種虧心錢！」

弟兄倆趕緊再向西追，駕雲如飛。

終於遠遠望見半空中旌旗亂擺，刀槍耀眼。

原來此處是蔥頭國地界。蔥頭國國王正率全體臣民朝天下拜。

雲頭上，楊戩和李天王神氣活現。

李天王先製造恐怖，「妖怪要來了，你們要遭殃了！」

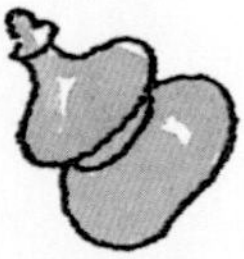

楊戩接著敲竹槓，「一人交一兩銀子，保你們沒事。」

楊不輸和楊不敗駕雲趕到。

「爸爸，」楊不輸說，「我們已經找到妖怪洞，快去捉妖怪吧！」

楊不敗說：「別在這兒丟人現眼啦！」

「去捉妖怪？真是小傻瓜。」楊戩從懷裡掏出一個紙卷，「還有好多地方的錢沒收呢，哪有工夫去捉妖怪。你們瞧——」

楊戩打開紙卷，原來是一幅地圖。

楊戩便和李天王扳著指頭算起來，一共能有多少效益。

楊不敗說：「爸爸太不像話了！」

楊不輸說：「我們去找小聖、小能吧！」

話分兩頭，再說小聖和小能。

複試繼續進行。兩個妖怪一邊吃得滿地桃核，一邊吩咐，「去燒一大鍋鮮筍湯。」

「遵命。」

小聖和小能抬著筍筐來到廚房。他倆一向吃現成的，面對鐵鍋、大灶和一大堆柴草，不知怎麼辦好。「唉，試試吧！」

小能抱柴草，小聖燒火，濃煙滾滾，熏得直咳嗽。

忽然小能驚叫一聲，「小聖，你看！」

「什麼？」

草堆裡滾出個葫蘆。是妖怪的寶貝紅葫蘆！

「大概是妖怪燒火時掉下的？」小能說。

「別忙，」小聖一轉念，「或許是用假貨來試試咱們？」

可是翻過來掉過去看不出有什麼不一樣。

「真金不怕火煉。」小聖對小能說，「我用這葫蘆來裝你，要是裝不進去，就是假的。」

「要是裝進去了，你可得把我放出來。」

「那當然。」小聖手托葫蘆叫一聲，「豬小能！」

「嗨。」小能很輕地答應，沒裝進去。

「別怕，大聲點。——豬小能！」

「嗨！」

還是沒裝進去。果然是圈套。

「騙人的東西！」小能舉起葫蘆要往地上扔。

「別扔，」小聖說，「要拿它派大用場呢！」

周銳作品集
幽默西遊之二：妖怪不是好惹的

2011年6月初版　　定價：新臺幣270元

著　者　周　銳
繪　圖　洪義男
　　　　賴美渝
發行人　林載爵

出版者　聯經出版事業股份有限公司
地址　台北市基隆路一段180號4樓
編輯部地址　台北市基隆路一段180號4樓
叢書主編電話　(02)87876242轉213
台北忠孝門市：台北市忠孝東路四段561號1樓
電話：(02)27683708
台北新生門市：台北市新生南路三段94號
電話：(02)23620308
台中分公司：台中市健行路321號
暨門市電話：(04)22371234ext.5
高雄辦事處：高雄市成功一路363號2樓
電話：(07)2211234ext.5
郵政劃撥帳戶第0100559-3號
郵撥電話：27683708
印刷者　文聯彩色製版印刷有限公司
總經銷　聯合發行股份有限公司
發行所：台北縣新店市寶橋路235巷6弄6號2樓
電話：(02)29178022

叢書主編　黃惠鈴
編　輯　張倍菁
校　對　趙蓓芬
整體設計　陳淑儀

行政院新聞局出版事業登記證局版臺業字第0130號

本書如有缺頁，破損，倒裝請寄回聯經忠孝門市更換。　ISBN 978-957-08-3824-4 (平裝)
聯經網址：www.linkingbooks.com.tw
電子信箱：linking@udngroup.com

國家圖書館出版品預行編目資料

幽默西遊之二：妖怪不是好惹的/
周銳著．洪義男、賴美渝繪圖．初版．臺北市．
聯經．2011年6月（民100年）．208面．14.8×
21公分（周銳作品集）

ISBN 978-957-08-3793-3（平裝）

859.6　　100009910